# Bernard Tellez

# *Duo en aller simple, et retour*

roman

Éditions Dédicaces

# DUO EN ALLER SIMPLE, ET RETOUR.
par BERNARD TELLEZ

ÉDITIONS DÉDICACES INC
675, rue Frédéric Chopin
Montréal (Québec) H1L 6S9
Canada

www.dedicaces.ca | www.dedicaces.info
Courriel : info@dedicaces.ca

# Bernard Tellez

# *Duo en aller simple, et retour*

# Duo en aller simple, et retour

Laura sirotait son coca-cola, lasse de traîner les pieds devant le parking du supermarché. Il avait fait si chaud ce jour-là, à Montréal, que la plupart des gens continuaient de marcher à l'ombre des rues, que les tours des gratte-ciel sur la colline Mont-Royal, donnaient à supposer qu'il s'agissait de pics à glace orientés vers le ciel. Il parut utile à Laura de trouver un endroit où s'asseoir, et elle repéra un rebord de pierre qui séparait l'avenue du parking. Elle s'y laissa choir, en enlaçant ses genoux de ses bras, et resta là, à observer les bagnoles qui passaient. Le ciel commençait à ternir sa couleur d'un bleu moins pur. En continuant d'absorber le contenu du gobelet qu'elle tenait d'une main, le regard baissé sur le carré lumineux que dispensait l'entrée du magasin. Laura resta ainsi, le regard songeur. Moins sensible encore à la rumeur de ce coin de ville, au passage de véhicules, à l'agitation du parking derrière elle, elle s'aperçut que son gobelet était vide et le posa à ses pieds. La venue du crépuscule atténuait insensiblement la clarté du jour. Les physionomies des gens perdaient de leur consistance, devenaient floues, les perspectives se modifiaient, les flashes des enseignes incendiaient déjà les trottoirs de l'avenue. Ce jeu d'ombres et de lumières clignotant au long de l'avenue, les à-coups psychédéliques des vitrines éclairées, l'amenèrent à supposer que l'état d'esprit des gens évoluait à l'approche de la nuit. Elle adapta sa vue à la pâleur du jour  en constatant que la ville changeait d'aspect, qu'un monde artificiel se mettait en place, donnait à voir aux citadins des visions suggestives auxquelles ils ne pouvaient plus échapper. Elle considéra encore, sans grande conviction, l'éclat impulsif des jets lumineux, les phares allumés des véhicules qui passaient, le clignotement des enseignes, le foisonnement intempestif des sunlights. La venue du soir paraissait édulcorer aussi les bruits alentour. Un flash inquiétant se glissa sournoisement sous sa courte jupe rouge, révéla impérativement la forme de ses cuisses, jusqu'à sa conclusion de dentelle noire, mais

Laura n'y fit pas attention, par indifférence, avant de relever la tête et de la rejeter légèrement en arrière. Le printemps était venu avec le dégel, suivi de l'embrasement de l'été. En ce début de nuit, l'air étouffant de Montréal saturé de chaleur caniculaire, exsudait sa sueur au comble de l'été, malgré la présence majestueuse du Saint-Laurent, un fleuve sans commune mesure avec ceux d'Europe.

Sur le parking du supermarché, les véhicules évoluaient dans une ambiance de fin de semaine. Chaque fois que l'un d'eux arrivait ou repartait, une sorte de gêne intérieure envahissait Laura, car elle avait tendance à répondre à cette manifestation de bruit et de mouvement par de l'arrogance, voire de l'impudence, une morgue hautaine, un rien agressive. Elle réagit assez vite en s'apercevant que personne ne s'occupait d'elle, en apparence. Elle s'efforça de masquer ce mouvement d'humeur, de n'en rien laisser paraître. Son regard, son visage, reprirent leur apparence inoffensive, assez souvent dénués d'expression. D'ailleurs, les véhicules ne restaient pas longtemps sur la placette, moteur arrêté. Les gens claquaient les portières, se dirigeaient vers le bâtiment central, avant de revenir avec leurs caddies remplis de victuailles dont ils bourraient les malles de leurs voitures. Ce travail fini, Laura les voyait repartir. D'autres les remplaçaient. La gêne de la jeune femme prenait forme dans le roulement des chariots que l'on poussait, le brouhaha des voix discordantes qui s'entrechoquaient dans une rumeur confuse accentuée par le ronflement des moteurs. Pourtant, elle avait choisi de s'asseoir là. Elle réussissait à garder son contrôle et niait ce qui se passait autour d'elle, dans l'indifférence de ce que sa physionomie suscitait aux quidams qui entraient et sortaient du magasin. Elle en tirait une sorte d'orgueil, d'instinct, même si d'autres idées la parcouraient. « Ceux qui me connaissent de vue, songea-t-elle, ne doivent pas être contents que je sois sortie des limites du quartier. Qu'est-ce que je m'en moque de ces vicieux ! » La beauté d'une femme qui n'a que son charme pour se défendre, sa joliesse, déterminent toujours des adeptes, un cercle d'admirateurs. Dans son cas, c'était un intérêt plus vulgaire, cupide, dont elle devait subir les effets qui lui collait à la peau, la nuit, comme le contact d'un corps adipeux, les tentacules d'une pieuvre qui voulaient avoir raison d'elle et l'obsédaient. Elle se tourna de côté, en direction de l'avenue. Elle ne voyait plus personne. Son visage orienté de profil, ne suggérait rien d'autre que celui d'une jeune femme brune, libre, assez jolie, au regard fixé ailleurs.

Elle resserra pudiquement les genoux, mue par le réflexe de se protéger, afin que d'autres flashes psychédéliques n'eussent plus de prise sur elle, impudiques et lascifs. Certains jets lumineux continuaient de la mitrailler, sans laisser de traces sur son blazer jaune citron, et elle tourna de nouveau son regard en direction du supermarché. Les gens affluaient toujours. Avec de l'aise ou de l'assurance dans son mouvement, elle s'accouda en arrière, ce qui eut pour effet de libérer les pans de sa veste et de révéler le bulbe de ses seins sous son chemisier de dentelle écrue. Laura ne fit pas l'effort de se couvrir, car la chaleur l'incommodait. Elle se contenta de détourner de nouveau la tête vers l'avenue. A l'observer de plus près, le cou mince de Laura s'élançait d'un seul jet, fermement, les traits de son visage étaient clairement dessinés, l'ovale de ses joues légèrement ponctué par l'os maxillaire à peine carré. Son buste bien assuré sur des hanches larges révélait celui d'une femme. Cela impliquait une contradiction entre l'expression de son regard qui suggérait parfois des pensées enfantines, et ses traits, sa démarche de femme. On avait dû la voir en train d'aller et venir, tout à l'heure, passer dans un sens, puis dans l'autre, devant le parking du supermarché. On pouvait déjà lui mettre une étiquette. Que cherchait-elle ? Cela faisait-il partie de ses activités de se promener seule ainsi dans la rue ? Il y avait toujours des yeux qui vous observaient, par curiosité. Le fait qu'elle fût jolie, assise sur un rebord de pierre, que l'on pouvait cataloguer Laura déjà au nombre de filles qui cherchent fortune, suscitait aussi des suppositions oiseuses, indécentes, à l'appréciation de sa physionomie, malgré sa volonté de faire fi des regards impudiques, moqueurs ou méprisants de ceux qui allaient et venaient devant ses yeux. Son attitude avait-elle en soi quelque chose de répréhensible ou d'équivoque ? Le racolage était puni, en dehors des limites permises. Quelqu'un aurait dû aborder Laura pour lui demander ce qu'elle cherchait, l'accoster. Pour quelle raison ? Personne n'osait se hasarder jusqu'à elle, car elle restait impavide, impassible. D'ailleurs la jeune femme, dans son apparence, avait suffisamment de singularité pour se sentir influée d'un état d'esprit différent de tous ces gens autour. Elle affichait une telle volonté d'arrogance, d'indépendance, qu'il paraissait difficile de lui parler... Sensible Laura, à la silhouette évoquant celle d'une beauté suscitant déjà le regard d'envie, inquisiteur de certains hommes, sans qu'elle l'eût vraiment recherché par son maintien atypique, séduisant, un peu félin, son corps gracieux, sa jolie frimousse, l'ensemble de sa personne au sex-appeal alléchant.

Ses yeux verts sombres aux cils chargés de mascaras inspectèrent soudain l'avenue dans les deux sens. Une mélodie confuse, inattendue, s'échappa légèrement de ses lèvres, rendue à peine audible par le bruit du trafic. Elle venait de se tourner face à l'écoulement rapide des véhicules, au-delà du flot distendu des passants. Cet air composé de fragments musicaux entendus dans les salles du casino de Montréal, au parc Jean Drapeau, évoqua en elle son habitude d'y venir tenter sa chance, parfois, voire à draguer des clients bourrés de fric. Laura continua de fredonner et réalisa brusquement que c'était pour s'opposer aux grondements de la circulation. Son regard se fixa soudain de l'autre côté de l'avenue. Un chantier abandonné montrait ses grues figées, à peine colorées, s'élevant parmi des tours adolescentes toujours en construction. Une sensation de lassitude, d'embarras, s'empara d'elle. Elle sentit qu'il était de son intérêt de quitter de vue le chantier, pour observer de nouveau l'écoulement de la circulation. Elle fut revigorée d'un élan qui ne l'avait jamais quitté, malgré l'indécision qui l'avait saisie d'observer le spectacle du chantier déserté, plongé dans la pénombre. Dans son influx, à la position de ses bras, à l'écoute de son pouls vigoureux, elle perçut que l'heure était venue pour elle de gagner sa vie : détendue, en apparence, en entrouvrant à peine les lèvres, avec une moue de défi, elle se mit à guetter le client potentiel.

L'air tiède se faufilait à travers les labyrinthes invisibles des immeubles des gratte-ciel. Il soulevait de minuscules tornades de poussière qui retombaient le long de l'avenue en tourbillons de détritus épars. Elle fouilla dans son sac, y trouva une serviette, telle une relique d'un repas dans un fast-food lointain, qui lui parut utilisable. Elle ouvrit la pochette, passa discrètement la serviette humide sous son chemisier et essuya lentement la sueur de ses seins, de sa nuque. Personne ne l'observait, du moins, le crut-elle… Les étés, à Montréal, sont si étouffants, la nuit venue, qu'ils laissent supposer que la lumière du jour s'est transformée en calories. Cela fait, elle posa son regard au au-delà du fleuve Saint-Laurent, à travers la perspective du pont Jacques Cartier, jusqu'à la masse des gratte-ciel illuminés vers le sommet de la colline Mont-

Royal où elle reconnut l'emplacement des parcs immenses, avec leurs tâches brunes de verdure. Elle situa, plus qu'elle ne vit. Son regard redescendit ensuite et s'ajusta de nouveau à la perspective de l'avenue. Elle suivit un ivrogne, au passage, qui déambulait sur le trottoir, sans savoir pourquoi elle venait de fixer son attention sur lui. L'individu perdit soudain l'équilibre, pris de vertige, et trébucha juste devant elle. Elle le vit rester immobile sur le carré de bitume, sans tenter de se relever. Larissa, inquiète, l'interpela :

-Eh, vous ! Vous êtes vivant ?

Le quidam ne réagit pas. Il était sale et déguenillé. Elle crut soudain qu'il venait de perdre connaissance, qu'elle devrait se placer ailleurs. « Décidément, songea-t-elle, on n'est jamais libre nulle part… » Elle essaya une nouvelle tentative :

-Vous, l'ivrogne, dit-elle, ne feriez-vous pas mieux de vous relever avant que la police n'arrive! Vous voulez que je vous aide?

L'homme grogna une réponse incompréhensible, avec la hargne de propos amers, acides, à l'encontre de la jeune femme. Probablement parce qu'elle était jeune et jolie. C'était peut-être sa jeunesse en elle qu'il haïssait le plus ? Peut-être sa beauté aussi, à cause du teint laiteux de sa peau ? Laura détourna le regard, sans être décontenancée, comme elle avait pu le faire pour le chantier abandonné, parce qu'il n'est parfois jamais de bonne augure de continuer de voir. Mais dès que son regard se fixa à l'endroit où l'inconnu venait de tomber, elle put s'apercevoir que la place était vide. L'homme avait disparu. En s'assurant qu'il n'y avait pas de flics ou de voiture de police dans les parages, elle le chercha du regard et l'aperçut enfin qui s'éloignait en claudiquant. Elle soupira d'aise, se leva pour se diriger vers une corbeille dans un coin du parking où elle jeta son gobelet, déposa sa serviette usagée, et revint pour se pencher sur un emballage de cellophane errant, vidé de sa friandise, qu'elle rejeta aussitôt, dépitée, en zonarde qui a faim et cherche à manger. Elle se disposa de nouveau à reprendre son attente indéfinie.

Souvent, les hommes venaient à Laura dans un but précis : s'ils se différenciaient un peu par leur humeur ou leur apparence, ils partageaient obligatoirement le même dénominateur commun. Chaque client vrai ou potentiel pouvait se définir en fonction d'un besoin, de son désir d'elle, du plaisir qu'il espérait obtenir à son contact, en échange d'argent, en monnayant l'usage ou la vue de son corps nu, voire de son sexe simplement, sans perdre de vue la

11

différence entre deux billets de deux cents, de trois cents dollars, contre la soumission de son corps femelle pour une demi-heure, une heure, voire plus. Beaucoup cherchaient un moment fort censé leur permettre de libérer leurs fantasmes, d'en jouir, autant que du corps sexy de la jeune femme, sans oublier les désavantages imprévus, voire dérisoires de l'acte sexuel. Situés dans le cadre d'une chambre d'hôtel, ils étaient censés l'obtenir, mais cherchaient avant tout à se préserver socialement contre la créature qu'elle était, avec pour mission de profiter de son corps de sex-symbol, au maximum, d'en jouir par les yeux et les sens, d'en avoir pour leur argent, de prendre leur pied dans une foule de clichés qui les aideraient à vivre ensuite, pour compenser le manque d'elle. Mais ce que la plupart souhaitaient d'obtenir, était de se procurer une satisfaction intime, de gagner la preuve de leur virilité pour un déploiement d'effort minimum. On louait Laura comme une voiture ou une bicyclette, dans un but défini, pour un temps restreint et précis. Si personne n'était jamais fait pour rien, n'était-il pas nécessaire de justifier sa moindre attitude, autant qu'elle fût caissière de supermarché qui scannait à longueur de journée des produits de première nécessité sur un tapis roulant, par compréhension simulée à son égard, voire de compatir au comportement qui faisait d'elle une putain, à cause d'un concours de circonstances fâcheuses, autant que d'autres plus chanceux ou plus intelligents avaient choisi l'option de devenir ingénieur, cadre supérieur, femme de tête, à la place de fille joie ? Cela n'était jamais réellement vrai. Il fallait voir. Il y avait tant d'avis contraires ou de suppositions à ce sujet… La survivance des prostituées avait un rôle social de salubrité, incontournable. Parfois, la jeune femme avait la quasi-certitude d'être devenue un produit, rien d'autre.

Quand Laura revint vers l'avenue, elle vit la voiture ralentir, la vitre s'abaisser silencieusement. Elle se leva et se pencha vers le véhicule. Sans être à l'intérieur de la Chrysler, près du type qui conduisait, elle réussit à faire croire à l'automobiliste qu'elle était tout près. Mais comme à chaque approche d'un homme qui l'abordait, elle ressentit un tressaillement dans son ventre. Son visage se couvrit systématiquement d'un sourire à l'attrait séduisant et étudié :

-Salut ! dit-elle.

-Salut, dit-il, d'une voix chaleureuse. Je vous emmène ?

-Qu'est-ce qui vous permet de le croire ?

-J'en ai l'expérience. Je vous ai aperçue, tout à l'heure, du parking de supermarché, seulement de dos. Puis j'ai cru... Enfin, je me suis figuré...

-Qu'avez-vous cru? Quelle sorte d'imagination avez-vous?

-Rien, enfin. Si vous permettez, j'ai besoin de compagnie, ce soir. Rien que de vous voir, j'ai pensé aussitôt que vous seriez peut-être disponible pour cela ? Je dois me rendre à l'aéroport de Montréal-Trudeau, pour mon départ. Ne vous faites pas de fausses idées sur moi. Si vous êtes décidée à me tenir compagnie, cela me sera agréable. J'ai tant de choses à vous dire, si vous le permettez, pendant que nous serons dans le hall de l'aéroport, avant que je ne parte. Je vous paierai pour cela. Vous acceptez ? D'accord ?

-Parce que je devrais être attentionnée, disposée à vous suivre, à écouter vos élucubrations ? Enfin, je ne vous connais pas, cher monsieur ! Pour qui donc vous prenez-vous ?

-Vous avez dit « cher » ? A vrai dire, je ne suis rien. Seulement quelqu'un qui souhaite faire votre connaissance.

-La plupart des hommes m'accostent, en sachant déjà où ils veulent en venir. C'est à voir. Qui me ramènera ensuite de l'aéroport ?

-Vous prendrez un taxi, je vous donnerais l'argent qu'il faudra. A moins que... Nous en parlerons. J'ai autre chose à vous proposer.

-Quoi, donc ? Dites ?

-Question à mille dollars. Soyez patiente. Ainsi, vous accepteriez de monter dans ma voiture?

L'homme ajouta :

-Je vous ai vue tout à l'heure, en quittant le parking. Vous paraissiez si seule. J'ai pris la décision de ne pas quitter Montréal sans vous revoir ou vous parler, sans avoir fait votre connaissance. Appelez cela une attirance physique, mentale, un coup de foudre : votre physionomie m'a tant intriguée, en roulant déjà sur le chemin de l'aéroport, que j'ai fait demi-tour pour savoir si vous étiez encore là. Allez, montez ! Je dois me rendre en Europe, a Paris. Dites, avez-vous un passeport en règle, au moins ?

-Pourquoi me demandez-vous cela ?

-On ne sait jamais. Il y a des confidences qui peuvent influer sur quelqu'un que l'on ne connaissait pas auparavant, que l'on rencontre par hasard, au dernier moment, en s'apercevant que c'était justement cette personne que l'on attendait, que l'on souhaitait rencontrer.

Laura se mit à rire, d'un rire moqueur :

-Vous n'êtes pas un peu marteau ?

-Non, tout à fait normal.

Elle changea de visage. Ses lèvres eurent une forme de moue dubitative, en se crispant légèrement :

-Ainsi donc, vous désireriez que je monte avec vous, à croire que je pourrais vous être de quelque secours ? Lequel, dites-le moi !

-C'est exactement cela. Plus, encore… Sur la nature de notre relation, je ne saurais trop m'étendre, vu qu'il n'y en a quasiment pas, pour l'instant.

Laura parut réfléchir, quitta des yeux l'inconnu. Elle prit le temps de voir passer les véhicules, attentive aux poussées du vent chaud qui balayait les trottoirs, aux piétons qui traversaient le carrefour de l'avenue. Elle fut un instant ailleurs, puis revint à lui.

-Ca, alors ! Vous me prenez pour une gourde, ou une imbécile ? Dites, suis-je assez fleur-bleue ?

-Question idiote. A propos de votre passeport, je veux seulement savoir s'il est en cours de validité ? Il ne sera pas difficile d'obtenir le visa, avec le billet. En avez-vous seulement un ?

-J'en ai bien un, mais pas sur moi.

-Alors, nous irons le chercher.

-Où donc ?

-Chez vous.

-Qui vous dit que j'accepterai ? Vous allez trop vite, vous, holà ! Je ne suis pas encore montée dans votre voiture…

Elle hésita un temps, avant de dire, sur un autre ton :

-Vous n'êtes décidément pas vraiment très ordinaire. Pas commun du tout. Votre accent est différent. Vous êtes Français ? Qui vous dit que ? Enfin, votre question est très ambiguë… Que j'aurais l'intention de partir avec…

Elle ne termina pas la phrase. A deux mètres l'un de l'autre, toujours devant le trafic de l'avenue, il dit :

-Rapprochez-vous, s'il vous plaît.

Elle fit un effort, enjamba le petit mur de pierre et se trouva devant la voiture, sur le bord du trottoir.

-Parce que je le sens ! Montez, ne vous faites pas prier.

Du siège du conducteur, en se penchant, l'homme entrouvrit la portière droite :

-Alors, décidez-vous. Qu'attendez-vous pour prendre place ? Il m'arrive parfois de me faire des idées folles à propos des gens.

Laura s'approcha, ouvrit la portière et s'assit. Comme elle restait muette, sans prendre ses aises, il ajouta :

-J'ai ressenti en vous le besoin d'un ailleurs, pas tout à fait présent, peut-être à l'état latent, comme une ébauche. Comme si vous aviez besoin d'aller autre part. Comme si vous n'en pouviez plus de vivre ici, à Montréal.

Elle consentit à dire, sans le regarder :

-Vous vous prenez pour un voyant ?

-Certes, en hiver, dès les premiers frimas, il y a l'apparition de la neige. Les habitants de Montréal n'aiment pas la neige, autant que le gel et le froid. Dès l'apparition du printemps, avec les premiers beaux jours, la sève envahit le cœur des arbres et des fleurs, un regain de vie s'exprime dans une nature splendide qui donne à croire que l'hiver n'a jamais existé. La neige est un show magnifique, un spectacle grandiose, mais les citadins ont hâte de s'en débarrasser et font appel aux services de déblaiement. La pollution atmosphérique, autant que les épandages d'abrasifs, les fondants, ont tôt fait de souiller le blanc manteau d'hermine dans les rues…

-C'est tout comme ! dit-elle. D'où tenez-vous cela ?

-Parce que j'ai vécu à Montréal, depuis l'automne dernier.

Il fut très sensible à la présence de la jeune femme assise à ses côtés. Sa personne rayonnait de clarté, dégageait une telle sensualité féminine qu'il en parut troublé, un instant. « Question d'adaptation, songea-t-il. » Il eut la révélation spontanée qu'il se trouvait à côté d'une très jolie femme dont l'impact charismatique se manifestait par un talent physique et mental qui formait un tout, qu'elle était absolument unique en son genre, que sa nature attirait explicitement le désir des hommes. « Une créature ! », se dit-il, pour se donner le change. En tournant son regard vers elle, il lui sourit. Ils s'observèrent ainsi et continuèrent de se sourire, en même temps.

-Vous savez, dit-il, que je vous trouve très sexy ?

-Merci.

Il songea ensuite à la différence d'âge entre elle et lui. Cela représentait-il un obstacle sur le plan du désir, des sentiments ?

Qu'attendait-il d'elle, au juste ? Au carrefour, les piétons traversaient au passage clouté, les voitures immobiles attendaient que le feu passât au vert. La Chrysler n'avait toujours pas démarré. Durant ce laps de temps bref, il dit :

-C'est vraiment sympa de vous être décidée à monter.

Elle se tourna vers lui, le défia un peu, du regard :

-Je n'ai pas trente-six paroles. Quand je fais quelque chose, c'est en connaissance de cause. Vous savez, je peux redescendre !

-Alors, vous acceptez, mademoiselle, dites, humblement ?

Il lui fit une sorte de révérence en inclinant le buste, comme pour exprimer un semblant de politesse, par déférence.

-Pas d'emphase ! Puisque je suis là ! dit-elle. Qu'est-ce que cette comédie ? D'abord, qui vous dit que je ne suis pas mariée, que je n'ai pas de gosse, ou un fiancé de cœur ?

-Parce que je le vois. Pas besoin d'être voyant pour ça !

Il sentit qu'il avait gagné du terrain, mais elle contrecarra :

-Et vous, si vous ne tenez pas votre parole ! Si j'ai à faire un sadique, un vicieux, quelqu'un qui ment, comme il respire ? Si vous ne me conduirez pas, où vous dites ?

-C'est vrai que je pourrais être un tueur en série. Nous n'avons pas encore démarré. A vous de prendre le risque, je vous donne trois minutes. Après quoi, si vous réagissez affirmativement ou non, si vous décidez de descendre, je m'en irai seul.

Afin d'appuyer son assertion, par contenance, il consulta sa montre et dit :

-Vingt secondes…

- Vous m'agacez ! Est-ce un ultimatum ? Arrêtez ce jeu minable, imbécile. Bon, j'accepte, dit-elle, en souriant. Je ne suis pas bégueule. Mon travail consiste à faire plaisir, à donner du plaisir… Puisque vous y tenez tant, ajouta-t-elle.

-Voilà ce que je voulais vous entendre dire, ce qui rend tout possible, je veux dire, qui rompt le silence entre nous, le no man's land, et ouvre la voie à des perspectives multiples. Ne croyez pas que je me fasse des idées. Je suis lucide. Dites, vous pouvez abaisser la vitre un peu, si vous le souhaitez, ajouta-t-il, cela ne me gêne pas. Il se tourna vers elle encore et lui fit face, la dévisagea du regard. L'homme était séduisant, viril, avec des cheveux déjà grisonnants. Il l'observa d'un regard troublant où il mit du charme, mais presque sans complaisance, en glissant ses yeux sur son visage, sur son cou, sur la forme de ses seins qui bombaient sous le chemisier, jusqu'à ses chevilles. Elle se sentit déshabillée des pieds à la tête.

-Vous achetez ? fit-elle. Vous ne pourrez pas toucher à la marchandise, tant que vous ne les aurez pas allongés.

-Quoi donc ?

-Ne faites pas l'innocent, je vous ai vu ! J'ai l'habitude, vous savez, du regard des hommes…

-Bien sûr. Mais c'était différent. J'essayais d'oublier que vous étiez une fille vénale. Tout au moins, j'essayais. Croyez-vous que j'y parviendrai, si nous restons en présence ? Allons… Il fait si chaud que si vous le désirez, si vous avez besoin d'air, autant que d'abaisser la vitre à fond, vous pouvez quitter votre blouson ?

-Vous êtes voyeur ? A moins que je me déshabille ? Comme cela, vous pourrez mater, devant tout le monde aussi. De quoi nous faire arrêter… Une fille nue dans une Chrysler. On n'a jamais vu ça, à Montréal ! Dites, fit-elle, avec un brin de désinvolture : vous aimeriez bien voir mes seins ? On peut choisir un endroit écarté et faire l'amour à l'intérieur de la voiture, les fauteuils se rabattent. Mais je n'embrasse pas…

-Trêve de plaisanterie ! Croyez-vous que je vous aurais invitée à monter, si vous ne m'aviez pas paru sympathique, en plus de votre physique ? Mais nous n'avons pas conclu de marché encore.

La voiture démarra, s'inséra dans le flot de la circulation. Beaucoup de 4X4 filaient sur la chaussée, des voitures de tourisme aussi, aux phares allumés en code.

-Je m'y attendais, dit-elle, je me suis fait avoir. Permettez-moi de descendre !

-D'accord, d'accord !

Il marqua une légère pose, ralentit, plaça la Chrysler sur le bas-côté de la chaussée, tira un portefeuille de sa poche et lui jeta trois billets de cent dollars. Deux tombèrent sur elle, l'autre atterrit à ses pieds. Elle fit un effort pour se pencher et le ramasser, retenue par la ceinture de sécurité, puis joignit le billet aux deux autres et les glissa dans un porte-monnaie qu'elle tira d'une poche de son blazer jaune citron.

-Et maintenant, dit-il.

-Et maintenant, dit-elle, en lui faisant écho, mais sur un autre ton. Avez-vous toujours envie de me conduire, à l'aéroport ?

-Puisque je vous l'ai dit !

-Il vaudrait mieux s'arrêter dans un hôtel, au passage. Je rentrerai chez moi, par mes propres moyens. Vous aurez eu votre dû.

-Je vous emmène, je vous l'ai dit ? Où est-ce donc, chez vous ?

-Rue Saint Hubert.

-Bon, nous retournerons rue Saint Hubert. Il se passe souvent beaucoup de choses dans les dernières heures. Si vous décidez de partir...

« Ce type est fou, songea-t-elle, complètement fou ! »

Elle lui adressa la parole :

-Vous êtes plus timbrée que je ne croyais. C'est grave ! Si vous voulez, on peut se rendre rue Saint Hubert, tout de suite. Je sens que vous allez gâcher ma nuit à cause de votre conviction, de votre certitude absolue, qui paraissent vous donner le droit de vous approprier ce qui se trouve sur votre chemin, comme si c'était un dû ! Au point de vouloir monopoliser tout, à votre profit ! N'est-il pas vrai ? Etes-vous parano, ou quoi ! Votre ego surdimensionné est d'un égoïsme à toute épreuve !

-S'il y a du vrai dans votre remarque, ce n'est pas tout à fait cela. Que croyez-vous donc ? Suis-je le grand méchant loup, ou l'ogre des montagnes ? Après tout, cela m'indiffère. Rien ne me dérange de ce que vous souhaitiez partir ou de ne pas le faire, désormais. Je n'ai pas l'intention de faire pression sur vous. Simplement de vous faire prendre conscience de la vie qui vous attend ici, je suppose, à gagner votre vie comme vous le faites ? Avez-vous l'intention de passer encore l'hiver à Montréal, étiquetée avec un emploi fixe, située à ne plus être bonne qu'à mener une vie de galère, en vous prostituant ? J'ai l'intention de vous proposer autre chose, si vous souhaitez changer de vie.

-C'est bien ce que je disais ! Votre opiniâtreté vous joue des tours. Vous êtes à côté de la plaque, mon cher. En êtes-vous conscient ? Relativisez et lâchez-moi les baskets ! Laissez-moi mener ma vie comme je l'entends. Pour être censée et garder la mesure, je réponds : oui, je veux continuer à vivre ici, parce que c'est mon pays.

-A votre aise, mais je vous plains. Parce que selon vous, c'est un choix ?

-L'a-t-on jamais ? Pourquoi m'avez-vous invitée à monter dans votre voiture, sinon dans un but précis ? J'ai l'habitude, vous savez… Il vaudrait mieux en finir au plus vite.

-Vous vous trompez ! N'ai-je pas dit : à l'aéroport, d'abord ! J'ai loué votre présence pour une heure, ou plus, sans négocier autre chose. Je n'ai pas dit que je souhaitais vous sauter, que nous pouvions copuler. A vrai dire, vous toucher, peut-être…

Il dégagea sa main droite du volant, près du levier de vitesse et glissa sa main à l'endroit du corsage, en caressant les formes.

-Vous avez l'air d'avoir de beaux seins. Vous ne portez pas de soutien-gorge.

-Beaucoup d'autres femmes aussi, qui ne sont pas forcément des putes. Dans le cas qui nous concerne, vous faites erreur, vous vous trompez de chemin. On me prend, et on me laisse ! N'est-ce peut-être pas assez ! Comme je prends votre argent et vous laisse en plan !

-Et si je vous disais que je suis impuissant, que j'ai dû subir une mutilation, dévirilisé, que l'on m'a émasculé ? Que je me contente seulement de voir, de toucher, de jouir par la vue, par le cerveau ? Car même châtré, on continue d'avoir une libido ! Je vous en donnerais bien davantage, des billets, une multitude de billets pour jouir de vous, à poil, poser mes mains où je veux, en vrai vicieux. Au fait, quel est votre prénom ?

-Laura.

-Moi, c'est Pierre.

-Un beau nom.

-Le votre aussi.

Il lut sur un panneau indicateur : « Aéroport Pierre Elliot Trudeau-Montréal », dix kilomètres. Il prit la bifurcation, sur l'autoroute Décarie. La chaussée était large et sèche, un tapis de velours. Les voitures se suivaient en cadence, mais le conducteur de la Chrysler avait tendance à slalomer entre les autres voitures.

-Vous êtes pressé ?

-Non, c'est ma façon de conduire. Ils sont trop sages, trop disciplinés.

-Il vous faut toujours tout, de suite, vous, le Français ! Vous dites que vous êtes impuissant, je ne vous crois pas.

A son tour, elle allongea le bras, le tâta des doigts de sa main gauche, au bas du ventre.

-Cela a l'air consistant, dit-elle. Que cherches-tu, au juste, si tu ne sais pas te restreindre, de te sentir allumé ? Suis-je assez bandante ?

Devant son mutisme, elle ne dit plus rien. Rien que le bruit du moteur, celui du trafic sur la chaussée, la stature imposante des gros camions qui déformait le décor, qui suscitaient un monde auquel on se sentait étranger à tout moment, comme ils pouvaient l'être aussi l'un de l'autre... Lui aussi ne fut pas tenté d'ajouter quoi que ce fût. Dans le bruit du moteur, en longeant le contrefort de l'autoroute, quelque chose était censée s'établir, se passer entre eux, ou bien ne se passerait-il jamais rien. C'était ineffablement absurde. S'ils se sentaient proches et étrangers l'un à l'autre, lointains, tout à coup, le fait qu'ils fussent prêts l'un de l'autre, qu'elle fût assise sur le siège de cette voiture, comme tout à l'heure, sur le rebord de pierre, était un simple fruit du hasard, sans aucun fondement, sans la moindre préméditation...

-Vous n'êtes pas bavarde, Laura. Moi, non plus. Restez ainsi. Peut-être n'avons-nous tout simplement rien à vous dire. Vous y croyez, vous ? demanda-t-il, en tournant son regard vers elle.

-Peut-être, fit-elle, d'un ton mal assurée. Il y a toujours une marge d'erreurs. C'est aussi imprévisible que de perdre ou de gagner au jeu.

Elle se revit au casino, jouant avec obstination le même numéro : le treize, jusqu'à ce qu'enfin, lorsqu'elle ne l'attendait plus, il sortit. Mais elle avait cessé de jouer.

-Vous êtes jeune, Laura, c'est cette jeunesse que j'aime en vous, jolie aussi, d'une façon adorable. Je regrette de vous faire ce compliment. Je ne devrais pas.

- Pourquoi ? On me l'a déjà dit !

-Il y a tant d'autres femmes ou de filles qui le sont, et tout est possible pour que vous tentiez votre chance ailleurs. Avec quelqu'un de plus jeune.

-Encore ! Des mecs, je n'en veux pas ! Je ne m'en prends qu'à leur argent !

-Je suis têtu, parce que le hasard m'a fait tomber sur vous. Cela me dérange de vous voir gâcher votre vie...

-Parce que cela vous arrange ! Alors, on va se quitter. Je prendrai la navette pour rentrer.

-Têtue, vous aussi !

- Le hasard a souvent tort, il se trompe souvent de route. Qui vous permet de croire que vous pouvez disposer ainsi de ma vie ? Vous m'êtes complètement indifférent. Vous êtes un mec, je vous l'ai dit, complètement à côté de la plaque, mon vieux ! Votre délire vous mènera à quoi, dans un asile d'aliénés, à prendre vos désirs pour des réalités ?

-A rien. Mais j'aurai peut-être vécu un rêve, qui se prolongera en plusieurs épisodes, comme un roman. Suffit de l'écrire…

-Vous êtes auteur ?

-Oui. A l'occasion, je suis peintre aussi. J'écris des bouquins de fiction pour me distraire. J'ai été chirurgien jadis. Quoi encore ? Marié, sans enfant. J'ai dû laisser tomber la chirurgie, mais je reste toubib. Je suis spécialiste en urologie : champignons, morpions, blennorragies, etc.

Il eut un flash, se revit le premier jour de son arrivée à Montréal, un jour d'automne, au mois d'octobre. « A quoi bon, songea-t-il, le souvenir ! ». La jeune femme était là, dans le présent. Elle était le présent.

-Nous n'allons pas tarder à arriver, dit-il, en ralentissant l'allure, en lisant sur les panneaux : « Vols d'arrivée. Vols de départs, « departure », en anglais.

-Le tout est de ne pas se tromper de direction, dit-il, en dirigeant la voiture vers les parkings. Plusieurs heures d'attente me séparent de mon vol de départ, vous savez ? ajouta-t-il. Quand je pense qu'il faudra peut-être que je revienne à Montréal, qu'il faudra que je demande à l'hôtesse qu'elle diffère mon départ, que nous ferons demi-tour, et que je prendrai aussi un billet pour vous !

La jeune femme ne répondit pas, attentive à voir des véhicules de tourisme qui circulaient devant, ou les suivaient, dans la nuit criblée de lumières, tourmentée des pulsations de voyants lumineux de toutes sortes, proches de l'aéroport, à la vue des automobiles garées sur les parkings, en masse, des gens qui en descendaient, des valises à la main ou ouvraient leurs malles pour s'enquérir de leur bagages. Elle parut émue soudain. C'était un autre décor que celui de l'avenue. Il se tourna vers elle et la considéra avec attention.

-Alors, cela vous change, cette ambiance de départ !

-Dois-je vous suivre, maintenant ?

-Puisque l'on est ensemble ! Si vous devez prendre la navette, à moins d'attendre là ? Suivez-moi, dit-il.

Il remonta les vitres, arrêta le moteur, descendit du côté de sa portière. Elle en fit autant. Ils avaient tendance à se sourire légèrement, voire à s'observer par curiosité, comme si un brin de sympathie peu à peu naissait entre eux.

-Il faudra que je vous achète d'autres frusques, dit-il, moins voyantes. Nous visiterons la galerie marchande, si vous le souhaitez ? Il faut que je le sache, s'il vous plaît. Dois-je d'abord retarder mon vol, si vous êtes décidée à partir, vous aussi ? Dans ce cas, nous reviendrons à Montréal, pour votre passeport. Vous avez de la famille ici ?

-A Québec.

-Je comprends !

Elle revit ce temps où elle était encore étudiante, avant toute cette histoire, avant qu'elle dût abandonner ses cours de psychologie à l'Université Mac'Gill, par manque d'argent. Elle n'arrivait plus à payer sa chambre. Les propriétaires la menaçaient de la mettre dehors. Un soir, une nuit, elle s'était installée dans un bar de la rue Sainte Catherine, elle s'était insérée plutôt assez timidement, avec une pudeur de jeune fille égarée parmi la faune interlope de ceux qui peuplaient le bar. Il y avait des habituées, des professionnelles qui attendaient le client. Elle avait fait comme elle avait pu le voir, en attendant que quelqu'un vînt l'accoster pour lier conversation. Elle n'était pas vierge. Son petit ami, étudiant lui aussi, l'avait quittée, sur un coup de tête. Dans cette ambiance de bar qui sentait la bière et de filles venues là, comme par hasard, un homme, plus âgé, s'était approché d'elle, en y mettant la forme. Puis il lui avait parlé sans jambages, en allant droit au but. Il avait fini par la tutoyer, en fixant un prix. Elle s'était senti démunie devant sa proposition, eu égard à son manque d'expérience, à son intimité pudique, puis elle l'avait suivi. Ce n'était pas si terrible qu'elle le croyait. L'homme l'avait grassement payée. Elle avait désormais pris l'habitude de venir dans ce bar. Sans avoir jamais revu l'homme de la première fois, d'autres lui avaient proposé la même chose, avec plus ou moins de tact. Peu à peu, elle s'était habituée. Elle avait fini par s'aguerrir. Forcément, elle était entrée dans le circuit. Qu'avait-elle à faire désormais de son intimité ? Elle avait changé, évolué. L'argent gagné facilement était devenu son business, le seul qui méritait le moindre intérêt, qu'on s'y attachât. Plutôt que d'en manquer, elle vendait son corps pour vivre, et alors ! L'usage de son corps était devenu sa marchandise, sa survie. Elle se confondait avec lui. Le reste n'avait pas d'importance. Elle se sentait perdue irrémédiablement à toute autre condition. Elle avait éradiqué toute notion morale, elle avait abdiqué, face au souvenir de l'ingénue qu'elle avait été. Mais elle gardait aussi sa fierté, sa pureté : le sexe n'était rien, un moment dur à passer, une épreuve de force, un défi lancé au souvenir de sa virginité de pacotille, celles que toutes les femmes gardent pour elle, au fond d'elles-mêmes pour croire encore à l'amour. Elle se souvint de la Sonia de Raskolnikov, dans le roman de Dostoïevski, qu'elle avait lu, plus jeune : « Crime et châtiment ». Mais elle n'était pas Sonia Marmeladov qui se prostituait pour nourrir sa famille. Elle usait du préservatif. Ces messieurs étaient séparés d'elle par une membrane élastique, ils n'avaient aucun contact avec sa chair. Par désir d'indépendance, elle avait commencé à fréquenter d'autres bars. Puis elle n'y était jamais plus revenue, en changeant de quartier, pour ne pas être reconnue de ses ex-condisciples, des étudiantes comme elle. Celles-ci lui auraient lancée avec mépris, avec parti pris pour lui faire honte, un défi féroce : « Qu'est-ce que tu fais là, Laura ? » Les études, c'était fini pour elle.

Ils marchèrent le long du parking. Ce n'était pas drôle, tout ce qu'elle avait subi, même si l'on s'habitue à tout. Elle marchait près de cet homme qui aurait pu être son père. A proximité du hall des départs, quand le sas à deux battants coulissants s'ouvrit, elle eut comme un réflexe, une hésitation à le suivre, mais celui-ci l'encouragea d'une voix à la fois très douce et assurée. Il la prit par le bras. Alors elle se dégagea et le suivit en direction du hall d'accueil de la compagnie « Air Transat ». Il parla à l'hôtesse :

-Est-il possible de reporter mon vol, un peu plus tard.

L'hôtesse consulta le dossier d'affichage des vols en partance :

-Demain matin, départ cinq-heures quarante-cinq. Arrivée Paris, aéroport Charles de Gaulle, terminal 3, treize heures cinquante-cinq. Cela vous va ?

-Ok. Je dois prendre aussi un billet pour cette demoiselle, dit-il, en désignant Laura, mais nous reviendrons dans quelques heures.

-C'est noté, répondit l'hôtesse, avec un sourire en direction de Laura.

Il hésita : afin d'obtenir son visa de départ, il était absolument nécessaire d'acheter le ticket sur le champ. Au service des douanes de faire le nécessaire ! Il paya, glissa un bakchich d'un billet de cent dollars à l'intérieur du passeport, en dépit de toutes les règles de bienséance. La jeune hôtesse au sol le vit et ne fit pas d'objection. Après tout, n'était-ce pas mieux ainsi ?

-Je vais m'en occuper, dit-elle, avec un sourire.

Ils quittèrent le hall et revinrent vers la voiture.

Laura ne disait toujours rien, disposée à le suivre avec un certain automatisme. Elle se contenta de prendre place à côté du chauffeur, dès qu'il s'assît et se mît au volant, à l'intérieur, après avoir cliqué sur l'ouverture des portières de la voiture.

-Nous y sommes, dit-elle. Croyez-vous que je sois toujours d'accord ?

-Vous n'allez pas recommencer ! Il faut savoir ce que l'on veut, dans la vie. Sincèrement, sérieusement, ajouta-t-il, je crois que je vous rends service. Je vous demande seulement de me croire, d'avoir confiance, Laura.

Elle n'ajouta rien. Il fit démarrer la Chrysler.

-Il faudra que je la rende au retour, dit-il, en désignant le tableau de bord. C'est une voiture de location.

-Vous m'étonnez, déclara-t-elle, vous n'arrêtez pas de m'étonner. Jusqu'à quand ?

Il ne répondit pas, attentif au mouvement du trafic.

La rue Saint Hubert prend son élan au bas du quartier de la Petite Patrie, dans le Vieux Montréal, à l'embranchement de la rue de la Commune, pour monter et aboutir à la rue Somerville au nord de la ville, près du plateau de Mont Royal... En remontant la rue, ils virent défiler, au passage, les maisons résidentielles contiguës, jadis construites à l'unité, avec leurs façades aux balcons variés, sophistiqués, leurs corniches munies de grandes fenêtres aux magnifiques vitraux d'architecture victorienne, qui donnaient en retrait sur des petits coins de verdure. Dès le quartier Saint Edouard, la rue changeait de caractère, devenait une artère bordée de boutiques commerçantes, de brasseries en terrasse ouvertes tard dans la nuit. Les arbres refleuris du printemps s'épanouissaient dans la nuit d'été chaude. Peu de passants à croiser, isolés, en comparaison de ceux du jour. Encore moins de cyclistes. Place Saint-Hubert, et sa verrière déployée comme une marquise de gare, le paradis du magasinage des boutiques closes à cette heure rayonnait d'articles à prix fous, discounts accessibles, défiant toute concurrence, dans les vitrines éclairées. Boutiques spécialisées dans la vente des robes de mariées, d'articles de luxe, tous les genres, vêtements, friperies, chaussures, assaut à profusion d'appareils électroniques, quincaillerie X, animalerie Y, meubles, jouets, Mac Donald, Jean Coutu, marchandises érotiques, discothèques, « Latins lovers night-club », restaurants portugais, bars, banques, magasin à un dollar de l'Armée du Salut... Tout cela défilait devant leurs yeux, s'imposait dans une ambiance différente de celle de l'aéroport, sans oublier la masse colossale de l'hôtel du Gouverneur. Ils progressèrent plus haut, vers la montagne, vers le Mont Royal qui dominait la plaine en se profilant sur un ciel limpide.

-C'est là, dit-elle.

Il freina, ralentit et gara la voiture à l'angle nord-est de Saint Hubert et de Mont Royal, devant l'ombre d'un graffiti de style artistique qui avait dû être assez beau et réussi, mais qui avait dégouliné le long du mur en s'enfonçant dans les briques. D'autres, plus récents dans la rue, attiraient le regard par l'anarchie saisissante de l'esprit qui les avait conçus, inspirés, matérialisés, dérangeants. Ils descendirent tous les deux. Il l'accompagna dans un immeuble de facture récente. Le studio se situait au troisième étage. Laura l'avait loué meublé.

-Croyez-vous, lança-t-elle, que je ne reviendrai jamais ici ?

-Ca dépend de vous. On peut toujours regagner son trou, réintégrer son nid, mais on n'a plus le même regard, après.

Laura referma la porte d'entrée. Il considéra, sans trop se poser de questions, le logement. Comment avaient-ils pu vivre à deux, là, elle et son petit ami ? Il le supposa sans rien dire. Puis il la vit prendre une valise dans un cagibi, la poser sur le lit et l'ouvrir.

-Dites-vous bien que ce n'est pas pour moi que vous faites ça, mais pour vous, pour changer de peau. Ne ratez jamais les occasions, faites confiance aux opportunités, même si elles paraissent incongrues, par défi, pour tester la providence, voir si elles tiennent la route. Vierge de ce qui sera dans le sens du possible ou de ce qui ne le sera jamais, réaction de défense oblige… Qui ne tente rien, n'a rien, ajouta-t-il…

-Mais vous y tenez, dit-elle, en se tournant un instant vers lui, et cela vous dérangerait fort de changer d'avis, de vous sentir blousé si je ne partais pas. Vous vous sentirez humilié dans votre sexe, dans l'engagement de votre personne. Serait-ce pour vous ou pour moi que je fais cela ? Je ne sais plus. Disons que j'ai envie de changer d'air, presque convaincue.

Il parut assez satisfait de ce qu'elle venait d'exprimer, de ce qu'elle eût la lucidité d'imprimer sa démarche d'une décision qu'elle pouvait à tout moment révoquer. Il fut tenté de dire : « Voyez que vous n'êtes pas si égarée que cela, que vous gardez votre jugement, que tout est encore possible pour vous ? » Mais cela aurait paru un encouragement, voire une erreur de le lui dire, comme s'il était celui qui se permet de croire qu'il a gagné la partie. Il la vit placer quelques lingeries féminines, des culottes, des soutiens gorge, un nécessaire de toilettes, des jupes, un chemisier… Il la regardait faire et ne bougeait pas.

-Emportez juste le moins possible, dit-il. N'oubliez surtout pas vos papiers d'identité, votre passeport, tout ce qui vous concerne…

-Le voilà, dit-elle, en sortant son passeport d'un tiroir.

Elle s'approcha et le lui montra.

-Donnez.

Il le prit, l'ouvrit à la première page, vérifia la date de validation. Il releva la tête et la fixa :

-Parfait, dit-il, vous n'avez pas menti.

Ce n'était pas un passeport biométrique, car elle avait tendance à sourire sur la photo. « Encore valable deux ans… » Il la vit changer de jupe, se préparer à changer de chemisier, attentif aux doigts qui commençaient à dégrafer les boutons. Il put voir ses seins nus aux aréoles pigmentées, aux tétons saillants, magnifiques, la courbe de ses cuisses. Il fut ému par son corps de pouliche racée qui évoquait aussi bien une statue de tanagra. Elle lui tourna le dos. C'était désormais une jeune femme devant son miroir. Les seins dressés, elle releva ses cheveux bruns en chignon sur la tête et se retourna. Le changement de coiffure donna à son visage, à ses beaux cils, un air plus aérien, moins farouche, beaucoup plus éclairé, disert.

-Cela fait très classe, dit-il. Compliments !

Il ressentit un appel du sexe qu'il s'efforça de réprimer, car cela allait tout gâcher. La chambre était saturée de son odeur à elle, de la pigmentation de sa peau, parcourue d'éphélides inattendues, de la part d'une brune. Il eût aimé entrer en rapport avec leur effloraison, comme des fleurs, y poser ses lèvres.

Puis il la vit finir de se vêtir, les seins nus, passer un soutien-gorge qu'elle referma dans son dos. Cela se fit très vite, machinalement. Elle passa une veste sous le T-shirt qu'elle venait d'enfiler.

-Je suis prête, dit-elle.

Il sentit qu'elle ne tenait plus à considérer l'aspect de la chambre meublée. C'était fini désormais. Il sentait qu'elle souhaitait ne pas la voir, se dire : « J'ai vécu là... ».

-Je vous suis, Laura.

Sa voix de mâle était courtoise.

Au passage, dans le hall d'entrée, la jeune femme ne glissa pas les clefs par la fente de la boîte aux lettres, mais préféra la garder sur elle.

-Je ne reviendrai peut-être jamais plus ici, dit-elle, sérieusement, mais j'emporte les clefs. Ils ont le double, les « propics ». Ce n'est pas une superstition, croyez-moi, ni une arrière-pensée, sinon je n'accepterais pas.

Il acquiesça de la tête.

-L'avion peut aussi bien exploser en vol, et cela en sera fini de nous deux. Pas besoin d'être enterrés. Presque un rêve...

Une fois dans la voiture, il bifurqua dans la rue même et se dirigea en direction de l'autoroute.

De nouveau, dans le cadre de l'aéroport animé. Il l'abandonna un instant et se rendit à un guichet approprié pour s'acquitter de la location de la Chrysler et rendre les clefs. Cela fait, il revint. Elle était toujours là. Il réalisa qu'il avait pris l'habitude de voir sa silhouette, qu'il aurait du mal à s'en séparer. Il songea brièvement à la petite chienne qu'il avait eue jadis, une épagneule tricolore, et fit la comparaison. Rusée, voyou comme tout, elle l'attendait, elle aussi... Il lui parut que Laura possédait en elle, cet attachement des chiens à être toujours là, par sa présence féminine, que cela transparaissait dans son regard. Il eut la révélation d'une sensation qu'il n'avait plus éprouvée depuis si longtemps, et lui sourit :

-Je dois vérifier si l'obtention de votre visa est confirmée pour le passage, en Europe, prendre votre billet, dit-il, avant toute chose. Nous avons pas mal de temps à attendre, nous deux, une partie de la nuit. Avant de la quitter, il eut le geste infime de poser sa main sur son épaule avec tendresse : il aima son regard. Il la sentit toute vibrante, à l'intérieur. Il s'entendit lui dire encore !

-Nous irons-nous restaurer, ce qui meublera un peu l'attente Et puis vous avez besoin de prendre des forces, Laura. Cela va de soi.

Il s'éloigna quelques instants, revint. Ils marchèrent dans le hall de départ très vaste, où des voyageurs en partance, devant les stands des compagnies aériennes, se pressaient, d'autres assis confortablement sur les fauteuils d'attente ou le dos en appui sur des banquettes. Ambiance d'aéroport où des gens en groupes si différents, allaient et venaient, d'autres, solitaires, parcouraient les salles vers les halls de départ, à l'annonce des voix des hôtesses qui scandaient en Français et en Anglais les vols en partance, sur la recommandation à se rendre à tel sas d'embarquement ou à un autre, passage à la douane oblige. Il y avait aussi d'autres résonnances aux interférences quasi mystérieuses ou silencieuses d'un hall immense riche de présences de gens qui zigzaguaient en tous sens, imbus de leur étiquette sociale, prêts à se servir d'elle en guise de panoplie, qui prenaient l'air important et avaient le verbe haut, poussaient des caddies remplis de bagages en repérant un endroit où s'asseoir. C'était l'heure aussi des employés de nettoyage, apparaissant, qui investissaient l'espace avec leurs engins, vêtus de leur uniforme adéquat, qui commençaient déjà leur travail de nuit.

Après avoir constaté que son visa de passage était accordé, il réceptionna le billet d'avion que lui donna l'hôtesse, et le lui remit avec son passeport. Il sentit qu'il était de son devoir de l'inviter à s'asseoir quelque part, et se dirigèrent, chacun avec sa valise, vers l'un des bar-restaurants de l'aéroport. De quoi faire bonne chère, avant de partir ? « Le bar à vin » leur parut profitable, en tous cas, propice à rendre leur attente agréable, depuis qu'ils étaient des passagers en phase d'embarquement. Ce qu'il y a dans un aéroport, c'est que chacun semble préoccupé par l'annonce de son vol, qu'il paraît subjugué ou allégé moralement par le fait qu'il va prendre place dans un avion et se diriger vers un ailleurs... Pierre consulta sa montre : minuit dix. Plus de cinq heures à attendre. A l'opposé des chaînes de restauration rapide des snack-bars, au « Bar à vin » on proposait un menu à déguster tranquillement, un ballon de rouge à la main, avec la possibilité d'observer de temps à autre le ballet des avions clignotant de leurs mille feux, dans le ciel nocturne. Consommateurs parmi d'autres, ils furent défiés à affronter la classique salade de betteraves jaunes et les haricots verts, le reste, à la carte, simplifiée, ne présentait qu'une douzaine de plats, de l'entrée, au plat principal : salade-repas, steak-frites, saumon laqué à l'érable, plateau de charcuteries et de fromages. Très vaste, vitré, le restaurant offrait une vue dégagée sur les pistes de décollage et d'atterrissage. Des lustres, une décoration dans les teintes de mauve ajoutaient une petite touche baroque au décor. L'espace de la cuisine était libre au regard. Le chef les vit et leur souhaita le bonsoir, avec envie, comme s'il était conscient qu'une idylle s'ébauchait entre eux, même s'ils ne se parlaient presque pas. A croire qu'ils venaient juste de quitter un lit dans une chambre de Montréal et de faire l'amour.

-Ainsi, vous êtes parvenus à vos fins ! avoua-t-elle, sans rancune. Mais vous ne connaissez rien de moi. C'est drôle d'inviter ainsi une inconnue à partager son voyage, de la persuader d'accepter sans savoir ce qu'elle peut lui offrir en partage !

-C'est drôle, j'en conviens, mais c'est bien réel.

-Je ne suis pas encore partie, je n'ai pas quitté l'aéroport. Je peux certes encore vous faire faux bond. Il vous restera d'obtenir que l'on vous rembourse mon billet d'avion. C'est si drôle ! Ha, ha ! Qu'en pensez-vous ?

-Si vous souhaitez me mettre au pied du mur, quel profit vous en semble ? A quoi bon ? Tant pis pour vous ! J'aurai, du moins, essayé, ce qui ne sera pas si mal, Laura.

-Essayé quoi ?

-Je ne sais pas…

-Vous n'êtes pas vraiment mon type, dit-elle. Vous pourriez être mon père. Mais vous avez l'expérience, du moins, je l'espère. On recherche toutes, l'image du père, quelque part, même les moins prédisposées. A croire que celui qui nous a élevées, ne convenait pas ?

-Qu'est-ce que cela peut avoir d'importance, désormais, pour vous ? Votre vécu est devant. Notre vécu est devant, voilà ce que je voulais expérimenter pour nous deux. Nous ne nous connaissons pas, nous ne nous connaissons toujours pas, cependant…

-Quoi ?

-Il y a quelque chose. Cela n'a rien à voir avec le sexe, au désir que je pourrais avoir de vous.

-Vous vous exprimez en solo, cher ami : je n'ai rien dit à ce sujet. N'oubliez pas que je suis vénale. Coucher avec un type pour une heure, ou passer une nuit avec lui, ce n'est rien, à côté de ce que vous me proposez.

-Que vous ai-je proposé ?

-De vous suivre en France, de quitter mon pays. Je suppose que ce n'est pas uniquement pour me regarder dans le blanc des yeux ? Voire partager votre vie, votre lit, je suppose. J'ai appris à subir le désir des autres pour de l'argent. Est-ce le cas ?

Il ne répondit pas directement à sa question. Cependant, il se sentit tenu de déclarer :

-Je n'ai rien dit de cela : vous êtes libre d'éprouver du sentiment pour moi, ou pas. De coucher, ou pas.

-Est-ce un jeu ? Un secret ? Ou l'expression de votre lassitude, de votre ras le bol à vivre seul, qui vous pousse à aborder la première venue et de lui proposer l'impensable, celui de changer de planète ?

-Bien dit ! En fait, c'est d'un changement de planète qu'il s'agit, afin de vous donner l'occasion, la chance de développer votre esprit de découverte, de changer d'identité, puisque un certain sort, une certaine forme de malchance vous ont incités à vivre en marge, à devenir une irrégulière. Les désaxés ont la chance de ne laisser derrière eux, comme les papillons de nuit ou les libellules que l'on essaie en vain de saisir par les ailes et qui glissent entre les doigts, ne laissent que les empreintes factices de leur passage, illusoires, les effluves de leur envol. Ils se posent et s'envolent, c'est leur seule loi.

-Comme vous ?

-Peut-être. En un sens, votre style de vie imprévisible m'a séduit.

-Il y a une sorte de routine, dans le fait d'être accostée par un type, le premier venu, un quidam quelconque, qui vous propose de l'argent pour une fellation, dans le fait de le préparer à ce qu'il puisse jouir ensuite, en se mettant sur le dos, afin que soumise à écarter les cuisses, il puisse introduire son sexe dans le vôtre. Le premier venu. N'importe qui. Certains n'en ont pas et tiennent la fille pour responsable de leur manque d'érection ou de jouissance.

30

Alors, ils cherchent à se venger. Même celui qui cherche à abuser de vous, à en profiter le plus possible, quitte à avoir recours à la violence, voire plus… J'ai bien une bombe de défense. A quoi me sert-elle, dans les cas extrêmes, si je tombe sur un sadique qui cherche à libérer soudain ses pulsions morbides, homicides ? Celui qui recherche la sodomie aussi. Il y en a plus que vous ne croyez. Parfois, on côtoie des tueurs en série, on l'échappe belle, nous, les putes de luxe ou du trottoir, dans les hôtels. Il s'en faut de peu. Le caractère, la maîtrise de soi, ne suffisent pas, quand on se trouve bloquée, coincée, comme une mouche prise dans une toile d'araignée, dans le cadre d'action d'un sadique, d'un fou ! Cela laisse toujours des traces !

-Je vous plains, mais vous n'arriverez pas à me dégoûter, à m'éloigner de vous. Je ne suis guère influençable. Laura, écoutez-moi, ce n'est pas cela dont il s'agit. J'ai besoin de vous pour nier autre chose.

-Quoi ?

-Tout ! La vie. La vie que je mène et que j'ai menée, que je ne peux plus accepter, parce que vous possédez tous les ingré-dients comme un baume régénérateur, un antidote à un mal dont je suis atteint, que vous êtes capable de me donner un regain de vie. Parce que votre exemple peut m'aider à vivre, si vous le souhaitez.

-Qu'en savez-vous ? Même si je vous fais cocu avec un autre, que je continue à me prostituer ? Les putes sont moins altruistes et positives que vous ne croyez ! L'empathie, vous savez, est un sac à malices, un fourre-tout.

-Mais il y a vous ! Que je me sente prêt à tout accepter, pourvu que vous ayez confiance en moi d'une certaine façon, pourvu que je sois toujours là pour vous, en cas de besoin. Parce que vous n'avez pas l'air d'une droguée, que vous êtes restée pure, apte à résister, qu'il reste en vous, peut-être, du romantisme, voire plus ?

-Parce que je pourrais donner un sens à votre vie qui n'en a pas, ou n'en a plus ? Vous faites erreur. Je ne suis pas bonne.

-Tant pis, puisque vous me plaisez.

-Je ne suis pas une menthe religieuse.

-Ce qui vous révèle. Ce qui prouve que vous essayez de me mentir, je n'en suis pas dupe. Mais le fait d'être là, d'avoir quelque chose en commun, je n'irai pas jusqu'à dire d'éprouver du senti-ment à votre égard, de vous, je m'en fiche, c'est trop tôt encore, mais qu'un lien me retienne à vous, ou vous retienne à moi, parce que vous avez confiance ? Ce rien, indépendamment de vos frasques, de ce que vous pouvez réaliser avec d'autres, hommes ou femmes... Ce rien, ou pas du tout ! Qu'est-ce, ou à quoi bon ? Il y a la fêlure aussi que tout être porte en lui.

Il la vit se mettre à rire :

-Vous vous prenez pour qui, monsieur de... ? Si j'accepte d'entrer dans votre jeu, d'en subir les conséquences ! En fait, c'est de l'abus de pouvoir, puisque vous croyez que je peux consentir à vous suivre, que vous pouvez rayer d'un trait ma vie antérieure, fixer une entrave à mon autonomie. Croire que vous pouvez agir, de près, ou à distance, comme si vous étiez mon père, à cause du respect que je vous dois ? Non mais, vous y croyez vraiment ! Dites, ne seriez-vous pas un peu maquereau ?

-Non, je ne vous demande rien, pas même de me raconter quoi que ce soit, mais de penser seulement à vous, parce que vous êtes différente de moi, qu'en le faisant, je tends vers un autre être.

-Vous êtres si seul que ça ? Ou pour vous rendre des comptes !

-Non, absolument pas ! Mais comme une fille qui revient voir son père, parfois, ou son vieil ami. Qui se trouve bien en sa présence.

-Qui vous le dis ? Voyez que vous avez besoin du sentiment ! Je ne suis pas votre amie.

-D'un repère affectif, dirais-je. Vous en avez besoin aussi, ou vous en avez déjà un, pour l'instant, ailleurs. C'est possible... Si vous prenez l'avion, demain matin, à cinq heures, il faudra vous en trouver un autre, dont je suis le substitut, si vous refusez de sympathiser ou de m'admettre, d'abord.

-Sans conditions ! Vous me prenez pour une gourde ? Il me faut des compensations ! Drôle de marché que vous me proposez là ! Et où me proposez-vous de me loger, ensuite, quand vous m'aurez pressé comme un citron ?

-Chez moi, chez vous, n'importe où.

-Même si je vous amène des types, et que vous teniez la chandelle ? On vous fera faire le clown, comme dans l'Ange Bleu. Vous aimerez ça ! Le pitre ! Tout juste bon à mater, quand on me baise !

- C'est cela. Vous êtes, donc, une sans cœur !

-Croyez-vous que je sois capable de fixer mon attention sur vous, toute une vie, de prendre des égards avec vous, quelqu'un que je ne connais pas du tout, dont je me méfie ? L'homme par sa nature, aime faire souffrir. Dès qu'il commence, cela ne s'arrête jamais, à l'égard de tout individu, voire plus particulièrement quand il s'agit d'un souffre-douleur ! L'homme a besoin de faire souffrir à petit feu, quand ce n'est pas à grand feu, pour souiller et brûler tout ce qu'il touche ! La crémation est à l'honneur, aujourd'hui. Sachez cela, c'est un cannibale. Il se nourrit de la souffrance de l'autre, à ses dépens. Cela ne tarit jamais, cette soif inextinguible d'abuser de celui qu'il assujettit ! Il est toujours en manque de faire souffrir davantage. Ce n'est jamais assez, de dominer, de jouir de sa domination et d'infliger la souffrance. Il n'y a pas d'extinction à ça ! C'est comme le tonneau des Danaïdes. Il y met constamment de l'eau, mais le tonneau est creusé de trous, il se vide par en bas ! Pauvre de vous ! Vous êtes un drôle de fantaisiste.

Il réfréna de lui donner une claque, n'en laissa rien paraître.

-Si je veux ! Mais je l'ai dit, vous m'intéressez, ou bien, il n'y a plus rien entre nous ! Certes, on ne peut pas venir en aide à autrui contre sa volonté ! A vous d'avoir assez de recul ou de jugeote pour choisir. Le fait que vous soyez avec moi à l'aéroport, ne veut rien dire, je le sais. Il est encore temps de vous rétracter. Au fait, tenez-vous à boire quelque chose d'autre ?

Il fit signe au garçon, qui s'approcha :

-Apportez-nous deux verres de vin supplémentaires.

-Si vous y tenez, dit soudain Laura, je peux venir avec vous dans les toilettes hommes ou femmes. Je baisserai ma culotte. Vous pourrez me baiser. A moins que vous préfériez autre chose, plus direct, moins contraignant, Mais cela sentira la merde, de toute façon, dans les cabinets !

-Vous valez mieux que cela, Laura. Ne faites pas l'idiote !

Le garçon apporta les deux verres de vin qu'il remplaça par ceux déjà vides, et débarrassa les couverts, les assiettes.

-La note, s'il vous plait, dit-il.

-Un instant, monsieur.

- Laura, dit-il en cliquant son verre contre le sien. A la vôtre !

Et il but un peu de vin, reposa le verre entamé sur la nappe.

-Et vous ? demanda-t-elle.

Elle approcha son verre à son tour, le fit tinter contre le sien pour dire :

-A la vôtre aussi !

-Ainsi, vous jouez le jeu ! Racontez-moi ! Vous ! Tout ! Encore !

-Pourquoi ne restez-vous pas à Montréal, puisque vous me connaissez désormais un peu ? Vous parliez de point de repère, tout à l'heure...

-J'ai peur de l'hiver. Désormais, ce n'est plus possible. J'ai retardé une fois le départ de mon vol. Parlez-moi de Montréal, en hiver. La sloche, d'abord, les tempêtes de neige et le froid, le gel, la glace...

Il poursuivit :

-Ne souhaitez-vous pas connaître autre chose ? Autrefois, je vivais dans le sud de la France, dans une ville d'importance. J'étais chirurgien dans une clinique. Le Grand Ordre m'a interdit désormais d'opérer, mais je peux continuer ma vie, ou notre vie, en faisant de la médecine. Cela vous dit ? Vous me serviriez de secrétaire. Vous sucerez ou masturberez les clients, si cela vous manque, pendant qu'ils seront dans la salle d'attente. Les femmes dépoitraillées y seront elles aussi, les vieilles et les jeunes ! Un vrai bordel ! Un boxon où l'on prend rendez-vous. Vous allez m'aider à réunir une clientèle spéciale, rompue à toute épreuve, à moins que je ne devienne tueur à gages, que je me fasse gangster, ou voleur. Bonny and Clyde. Vous serez ma complice. Nous mènerons la grande vie !

-Complètement slash! Vous vous moquez de moi, ou quoi? Ce n'est pas drôle. Je ne tiens pas à faire de la taule.

-Une supposition oiseuse, sans réelle importance.

Il posa sa main sur la sienne, sentit ses doigts bouger, à peine, par nervosité, mais elle ne semblait pas inquiète. Il la dégagea, en souriant :

-Vous vous demandez peut-être ? Pour en venir à de tels propos, qu'a-t-il à se reprocher, quel crime a-t-il pu commettre ? Un acte si dégradant, soit-il... N'ayez pas peur, Laura. Je vous demande seulement d'avoir confiance. Parlez-moi seulement de la neige et du froid, ici, en hiver...

-Si je veux !

-Bien sûr, Laura ! Je vais vous dire, comme si vous me le demandez : Racontez-moi la neige, ici, en hiver... Qu'après chaque tempête, on débarrasse les trottoirs, les places de parking, afin que les véhicules de déblaiement puissent circuler. Qu'on rentre les bacs à fleurs, les bancs publics, parce qu'une fois tassée, en bordure des rues, elle forme des espèces de moraines, d'eskers interminables, sous l'action mécanique des vents, du sel chimique, du chlorure de sodium, qui succombent sur leur poids, que le gel et le froid la font durcir rapidement en barrant les entrées des maisons par des congères où les enfants jouent, font des glissades. Mais ensuite, on ne joue plus avec, on s'en débarrasse. A quoi bon parler de tout ça, puisqu'il fait moins trente, ou moins cinquante, par un froid humide.

-Assez, ou je m'en vais !

-D'accord. Je vous respecte, Laura. Vous n'allez pas me jouer la fille de l'air, au dernier moment ?

-Vous devriez ajouter : maintenant que je vous tiens ! Mais vous faites erreur ! Je suis libre de rentrer chez moi. Aucun contrat ne nous lie plus, mettez-vous cela bien dans la tête. Votre billet d'avion, c'est du vent! Voulez-vous que je le déchire devant vous? Que me proposez-vous en échange, une fois là-bas, de vous rester fidèle comme un chien d'aveugle ? Votre contrat fictif ne tient pas la route. J'aurais honte à votre âge, d'en arriver là, de m'en faire une proposition. Au moins, ceux qui me baisent, savent à quoi s'en tenir. Vous ?

Elle se mit à rire :

-Vous ? Mais qu'est-ce qui m'a fichu un type pareil ! Dites, voulez-vous que je me fasse draguer là, devant vos yeux, par ce type, là-bas, qui a le courage de manger seul, à sa table ? Lui, au moins, s'il me propose de baiser, s'il s'exécute, j'en serai quitte pour me laver le cul. Qu'ai-je à faire de vous tenir compagnie, si c'est pour me regarder dans le blanc des yeux, sans oser me toucher. Je ne suis pas un épouvantail, je ne suis pas en cire... D'ailleurs, maintenant, ça suffit ! ajouta-t-elle, en se levant. Tenez votre billet, faites-en ce que vous voulez, torchez-vous avec, à l'occasion. Moi, je m'en vais.

Elle venait de le lancer sur la table.

-Merci, Laura.

Il ne murmura pas : « Vous êtes une sans-cœur, mais le pensa. Une pute, une salope, une chienne ! Rien ! » Il avait le cœur sec et il ne la regarda même pas partir avec sa valise. Il fixa un endroit du tarmac illuminé, au loin, où des voyageurs en partance sur la passerelle d'un Boeing, étaient accueillis par les hôtesses de bord au sommet de l'escalator. Lui aussi, dans quelques heures... Il partirait seul. Il avait cru pouvoir jouer le rôle de mentor.

Qu'était-il venu faire à Montréal ? Il s'en souvint, parce qu'il lui était nécessaire à l'époque de changer de planète, de voir d'autres gens, d'être confronté à d'autres conditions de vie climatiques. Avait-il seulement ce choix ? A cause des relations avec l'éditeur qui venaient de publier ses livres, il avait l'intention d'en écrire encore, de raconter ou de faire le point sur sa vie, à Montréal... Mais c'était trop spontané. S'il attachait beaucoup d'importance au point de jonction né d'une interférence de latitude, de longitude, du magnétisme propre au sol, qui influait sur le comportement des êtres humains, si l'héritage somatique, culturel était dépendant du site, autant que des coutumes, il n'avait pas été vraiment déçu, à Montréal. Il avait été saisi par une façon de vivre différente de nos frères d'Amérique du nord, mais il avait besoin de recul... Comme tout ce qui s'était passé auparavant, à Marseille... La clinique Lamberti, la mort de la patiente et le reste. Sa femme qui l'avait quitté pour fuir le scandale. Il n'était plus recommandable dans la cité phocéenne, tous ceux qui le connaissaient de vue se détournaient de lui. Il était devenu un prototype de celui par qui le scandale arrive. Il avait quitté la ville pour aller vivre dans le nord, à Paris. Il ne remettrait jamais plus les pieds à Marseille. Du moins, le pensait-il, à cette époque... Il s'en moquait d'ailleurs. Parti sur un coup de tête, en catastrophe, en fermant son appartement à double-tour, il avait fui la ville maudite. Il était resté un temps, à Paris. Il avait loué un appartement, mais il lui fallait un autre ailleurs, ce n'était pas suffisant. Alors il avait choisi de vivre un temps à Montréal. Il n'attendait pratiquement rien de sa présence au Québec, pas plus que nulle part, dans le monde. Un effort supplémentaire à faire, nécessaire, alors qu'il était si las de vivre. Quand on n'attend plus rien de personne, que l'on est au bout du rouleau, on n'a plus d'espoir. On vit avec une arrière-pensée mauvaise, un peu comme un voilier qui a perdu son gouvernail. On se sent de trop, où que l'on aille, sans attache. On se sent plus que jamais vivant en sursis, pas comme les autres, séparé, mais il s'était trop habitué à combattre pour mettre un terme à sa vie. Il voulait savoir ce qu'il y avait à découvrir, subir jusqu'au bout. Il y avait eu cette fille rencontrée au dernier moment, sur le bord d'un trottoir, comme si elle était là, à l'attendre, apte à exorciser le mal qui le tourmentait. Il avait toujours le cœur sec, il le savait. Il avait trop eu l'occasion de s'endurcir depuis de si longues années. Et puis, Sabrina, son épouse, à la fréquentation de laquelle il avait investi une part de sa confiance, l'avait quitté, sa femme partie avec un industriel. Un jour, il avait découvert dans sa boîte aux lettres, descendu du premier étage dans le hall, pour ramasser son courrier, une lettre qui émanait de l'étude d'un avocat. Elle demandait le divorce. Sabrina acceptait tous les torts, pourvu qu'elle récupérât son nom de jeune fille, à l'état civil, le plus rapidement possible. Ils n'avaient jamais eu d'enfants. Il avait cru qu'elle tenait à lui. Elle était juive et marocaine. La procédure avait suivi son cours. Il s'était senti libre de quitter la ville, malgré son appartement sur le dos. Mais son logement, à Marseille, il le vendrait sans doute un jour. Il était reparti en Tunisie, à Djerba, par l'intermédiaire d'une connaissance, mais il n'avait pu se voir vivre là-bas, longtemps. Il en était revenu. Il avait attendu encore quelques temps. On avait tendance à le rejeter, à le qualifier d'une étiquette, à le traiter de salaud dans sa résidence, comme un peu partout, dans la ville. Si les gens se trompaient, était-ce de sa faute ? Enfin, il avait pris l'avion pour Montréal…

Assis à la table de restaurant, il sentait le temps s'écouler. Quand il prit sa décision de partir avec la valise, il erra en parcourant les diverses parties du terminal, croisant du personnel, des gens, afin de repérer l'endroit où il prendrait place dans le hall d'attente des départs. Il s'efforçait de ne plus penser à la fille. Il n'avait pratiquement plus de raisons d'y penser. Son projet autant que sa proposition étaient fous. Il avait été tenté par l'idée qui avait traversé son esprit, au dernier moment : un déclic s'était fait en lui, comme si ce n'était plus qu'avec une créature comme celle-là qu'il lui fallait vivre désormais, quelqu'un censé vivre en marge, comme lui, une fille trop belle. Il n'espérait plus la revoir… Il repéra un endroit, s'assit et déposa sa valise à ses pieds, puis ferma les yeux. Du temps passa, durant lequel il somnola. Puis il rouvrit les yeux. L'ambiance du hall d'attente n'avait pas changé, devenu plus silencieux avec la nuit, offrant à son regard la vue de gens engoncés silencieusement dans leur fauteuil, comme lui, dans l'attente du moment de leur départ. Il devrait faire enregistrer sa valise à l'un des guichets de la Delta Airlines, vers les six heures. Il ne lui restait plus de deux heures à attendre. Que faisait cette

Laura, à cette heure ? Avait-elle rejoint la rue Saint Hubert, à l'est de la rue de Berri ? Avait-elle réfléchi et changé d'avis ? Ce n'était pas le genre de fille à le faire, ou bien…. Ce fut en se promenant le long de l'une des galeries marchandes, pour se donner de l'exercice, qu'il l'aperçut. Elle avait changé de vêtements, elle portait des frusques plus correctes encore que précédemment, le look très BCBG, l'air guindé. Il l'aborda :

-Comme on se retrouve, murmura-t-il.

Laura ne l'avait pas vu venir et tourna la tête vers lui.

-Tiens, dit-elle, comme c'est drôle. Vous me cherchiez ?

-Pourquoi faire ?

-Vous n'avez pas jeté mon billet ?

-Non.

-Donnez, dit-elle, en s'efforçant de lui sourire malgré la lassitude qu'elle devait ressentir, en raison de la tension ou la fatigue de sa nuit, le regard radieux. On part !

-Dans trois heures !

-J'ai réfléchi. Je pars avec vous, si vous m'acceptez encore?

-Il faut que je réfléchisse. C'est sérieux ?

-Tout à fait sérieux.

-Alors, dans ce cas, Laura, vous me faites plaisir… Dès votre départ, je ne pensais déjà plus à vous. C'était pour moi, une tentative dont j'assumais l'échec sans amertume, le fait que vous aviez décidé de me lâcher. Il n'y avait pas à revenir là-dessus, mais j'avais du moins essayé. J'avais fini par réaliser que ma proposition était une erreur, que mon projet était fou, ne tenait pas la route, même si vous me plaisiez ? Celui qui a pu être chirurgien n'a pas droit à l'erreur ! Si vous avez changé d'avis, quelque chose s'est passé en vous. Quoi ? Je ne tiens pas à être dupe. Est-ce une révélation ? Avez-vous eu le sentiment ou l'intime conviction que je pouvais vous apporter quelque chose et modifier le sens de votre vie ? Je ne suis pas un malade, je ne suis pas vieux encore, certes, si rien n'est donné dans l'absolu, s'il faut toujours remettre en cause ? Ce qui était bon hier, ne l'est plus aujourd'hui, ce qui était vrai un instant plus tôt, devient faux, obsolète. Etre toujours sur le qui-vive, vous devez en avoir l'habitude, vous, avec ce que vous faites en présence des hommes, de ce qui vous attend à chaque client de passage ? Survivre… Cela va si vite, s'adapter… Comment ne pas tomber dans le traquenard, un jour, de s'attarder sur un individu plutôt que sur un autre ? Je ne suis pas un suborneur, ni vous, une première vertu. Avez-vous seulement aimé ? Savez-vous ce que c'est, ce que l'on découvre, avec votre vingtaine d'années, à peine ? Il m'a semblé que je pouvais vous faire évoluer. On peut apprendre à aimer, si on apprivoise d'abord d'entre les barreaux de sa prison, un oiseau blessé, un insecte, dans l'espoir de lui redonner vie. Ce n'est jamais gratuit, même le simple regard que l'on jette sur autrui. A plus forte raison sur un fauve derrière les barreaux de sa prison… Il y a toujours un sens caché, latent. Pourquoi fixer son attention sur celui-là, ou celle-là, me direz-vous, plutôt que sur quelqu'un d'autre ? Simplement arrêter son attention sur quelqu'un, et l'on se sent piégé souvent à notre insu. Que pensez-vous de moi ? Suis-je assez fataliste, tandis qu'il convient de relativiser à tout moment !

-Rien ! Désormais, plus rien…

-Ne pas penser. Condition sine qua non d'existence, sinon, on ne peut pas aller de l'avant, on ne peut rien tenter. Tant que l'on est agi par une part d'inconscience en nous due au hasard, aux circonstances, il y a de l'espoir. Jouer le jeu, peut-être, comme à la roulette. Tant que l'esprit ludique nous tient, ce n'est jamais perdu d'avance… Vous me croyez ?

-C'est bien philosophique, tout ça ! La vie se moque de la subjectivité des interprétations. Arrêtez vos suppositions. Prenez le temps de vivre, sans penser à rien.

-Difficile ! Deux générations nous séparent…

-Vous n'allez pas me jouer la comédie du vieux, avant l'heure ! Qui vous dit que je ne peux pas tomber amoureuse de vous ?

-C'est trop facile ! Je ne vous en demande pas tant.

-Alors pourquoi m'avez-vous abordée, pourquoi m'avez-vous invitée à monter dans la voiture ?

-Vous étiez la formulation d'un désir, d'un besoin. Pour nier une forme de solitude, en édulcorer l'âpreté.

-Voyez que vous avez besoin des autres, malgré votre orgueil !

-Pourquoi faites-vous référence à l'orgueil ?

-Parce que les solitaires sont orgueilleux !

-Je ne peux accepter l'ordre social, sans renoncer à tout ce que je suis, disait Malraux.

-Et les femmes ?

-Les femmes sont un moyen, rien de plus ! C'est plus compliqué. Tout dépend comment on s'est construit avant, comment la vie, la société, le système, les autres, appelez cela comme vous voulez, vous ont façonnés, contraints à vivre.

-Vous en parlez à une convaincue.

-Dans ce cas, pourquoi ne pourrions pas nous entendre ?

-C'est vrai, mais cela reste à prouver, si…

-Dans la durée ?

-Vous m'en donnez le goût, peut-être. Je ne sais pas, je ne peux pas dire. J'ai parfois besoin d'un chien de garde, si je n'en ai jamais eu ? Certains sont au courant de mes activités. Impossible de leur échapper. Peut-être qu'ils nous observent, en ce moment.

Elle jeta un regard autour d'elle.

-N'avez-vous rien remarqué ? J'ai parfois l'impression d'être suivie, épiée, comme si j'étais la cible d'une caméra cachée. Vous aussi, par la même occasion. Prenez garde. Votre comportement intrigue, le fait que vous m'adressez la parole, que l'on nous voie ensemble. Parce que si nous sommes ensemble, nous éveillons des soupçons qui ne sont pas perdus pour tout le monde. Croyez-vous que l'on nous laissera partir, comme ça ? Il faut s'attendre à une réaction de leur part ?

-Qui ?

-Comme si vous ne le saviez pas ! Je dois être déjà signalée, soit par la police, soit par la mafia de la prostitution aussi… Car pour exercer mon métier de pute, il faut que je graisse la patte à certains. Seriez-vous naïf à ce point ? Je suis une lépreuse…

- Et moi, donc ? Allons-nous asseoir doucement, dit-il. Laissons tomber cela pour l'instant. L'avion part, dans moins de deux heures. Personne, je vous dis !

Il la prit par son bras libre, lui serra le poignet.

-Vous me faites mal, dit-elle, tandis qu'elle tenait sa valise de l'autre main.

Il ajouta :

-Personne ne nous empêchera de partir. L'important c'est de le croire. A deux, contre d'autres, ou les autres, nous sommes les plus forts. Vous me croyez ?

En guise de réponse, elle répliqua par une moue interrogative, voire un peu douteuse, en haussant légèrement les sourcils.

-Suivez-moi, dit-il.

Ils quittèrent la galerie marchande, se dirigèrent dans le vaste hall. Par réflexe, il eut un regard circulaire, ne remarqua rien d'anormal. A supposer que certains individus en voulussent à Laura, autant qu'à lui, à supposer qu'ils pussent servir de cible, il ne restait qu'une heure et des minutes, qui se réduisaient à mesure avant leur départ. Il jugea bon de se rendre au guichet d'enregistrement des bagages, l'incita à le suivre. Toujours rien d'anormal. Il vit un individu sans bagages parler, l'oreille contre son portable. Il croisa son regard, mais n'y vit rien de défini, rien qu'il ne put identifier de suspect, au titre d'un intérêt quelconque plus ou moins révélateur, marqué. A supposer qu'ils fussent repérés par des yeux fourbes d'individus louches, quelque part, s'il fallait s'attendre à une intervention maligne, il était incapable pour l'instant de prévoir dans quelle mesure ils pouvaient être agressés et résister. Après l'enregistrement de leurs valises, il demanda insidieusement à l'hôtesse où se trouvait le bureau de la police de l'air.

-Pourquoi ? lui demanda Laura.

-A tout hasard, pour obtenir un simple renseignement, sans que cela puisse porter à conséquence, générer un problème quelconque.

L'hôtesse le lui indiqua du doigt.

-Mais ils font des rondes, ajouta-t-elle, en scooter ou avec des chiens.

-Excusez-moi, répondit-il, en riant. C'était juste pour savoir.

Il se retourna et croisa le regard de Laura.

-Viens, dit-il.

Ils allèrent s'asseoir quelque part. Certains semblaient dormir, les yeux clos, sur leur fauteuil, détendus, d'autres lisaient des magazines, d'autres avaient l'air de discuter entre eux. Les aiguilles des secondes, des minutes, tournaient à l'horloge du grand hall de l'aérogare. Sur des cadrans lumineux d'autres vols en partance s'affichaient, s'annonçaient. La nuit avait tourné. C'était presque déjà le matin, bien qu'il fît nuit encore, que le ciel nocturne fût cisaillé constamment par des clignotements lumineux qui signalaient l'arrivée d'avions de lignes ou leur départ. De temps à autre la voix d'une hôtesse troublait le silence de son annonce d'un prochain départ. Dès qu'ils s'assirent, ils se rapprochèrent l'un de l'autre. Il fut tenté d'effleurer sa joue d'un baiser, de poser une main sur son bras pour sentir le contact de sa peau, de poser sa main sur la sienne, de se tourner vers elle pour voir si elle lui tendait ses lèvres, si elle était consentante à son baiser. Elle semblait si détendue, accessible et désirable. En fait, la jeune femme lui parut très belle. Il sentit son désir l'envahir, juste au moment où il vit deux hommes qui s'approchaient, en courant presque. Il eut le réflexe instinctif de se lever.

-Que voulez-vous ? demanda-t-il.

-On pourrait avoir une petite conversation amicale, histoire de rire, dit l'un d'eux, grand et costaud, avec un accent québécois très marqué.

-Ce n'est pas urgent.

-Tôé, dit l'autre à l'intention de Laura. Suis-nous !

Elle ne bougea pas.

-Vous devez faire erreur, répondit-il. Ma fille et moi, nous attendons le moment de partir.

Celui qui avait parlé le premier s'approcha encore, presque à le toucher, et lui dit :

-Fais un effort, l'ami. Ne nous oblige pas à devenir méchants.

« Comment éviter ces mecs-là, sortir de ces sales draps ? », se posa-t-il immédiatement la question. Il eut un réflexe brusque, il leva son genou d'un coup sec et atteignit celui qui le serrait de près, au niveau du bassin. Il l'atteignit deux fois. L'homme eut un cri de douleur rauque, ce qui attira l'attention et le regard de ceux qui se trouvaient assis, tous proches. Il se tordait de douleur. Son acolyte essaya d'intervenir, mais il leva aussitôt le coude à hauteur de son visage et l'atteignit à la face, avec le revers. Celui-ci bascula à son tour.

-Viens ! dit-il à Laura.

Il l'entraîna aussi vite qu'il pût en direction du poste de police, après avoir gravi des marches, au-dessus du hall. Il avisa aussitôt l'un des policiers présents, surpris de leur apparition impromptue :

-Là-bas, dit-il, ces deux types.

Il les désigna en direction du point qu'ils venaient de quitter, alors que l'un d'eux, le plus touché, celui qui avait reçu les coups de genoux au bassin, avait du mal à se relever. Des gens qui se trouvaient assis, jusqu'alors avec calme, se levèrent dans un réflexe panique, ou la fichue tendance à s'écarter, affolés. Dans le bureau, l'équipe d'intervention rapide, prête à réagir sur le vif,

42

s'élança sur le pied de guerre. Ils étaient cinq et descendirent les escaliers, foncèrent en direction des deux individus. Ceux-ci furent ceinturés en un instant par les agents du GIT, avec chacun un bras immobilisé, d'après ce que l'on désigne par « faire une clef », dans le dos. Impossible pour eux de bouger. L'un des policiers les fouilla à l'aide d'un scanner corporel, ou fouille corporelle, à nue. Pas d'armes à feu sur eux, à part un couteau à cran d'arrêt, un poing américain.

-Veuillez nous suivre, dit celui qui paraissait être le plus gradé.

Les deux individus n'avaient guère le choix, agrippés et poussés par ceux qui les maintenait. Puis on leur passa les menottes, toujours dans le dos.

-Pour vous, c'est terminé, dit l'officier gradé, à Pierre et Laura. Bon vol. Nous avons à parler avec ces deux sires.

Laura et Pierre, à ce moment-là, se décidèrent à aller boire un café dans un snack-bar ouvert.

Il consulta sa montre :

-Encore plus d'une heure, dit-il.

Elle lui sourit.

-Nous avons eu de la chance. Cela s'est déroulé si vite, dit Laura.

-La chance est avec nous.

-Pas encore, ni tout à fait ! dit-elle, en trempant un croissant dans sa tasse double de café. Tant que nous ne serons pas dans l'avion, il peut se passer encore des choses. C'est une vraie chance que vous m'offrez là. Je ne sais pas comment vous remercier. Sortir du guêpier…

-Simplement du réconfort, de l'amitié, Laura, un petit brin d'amitié, en retour. Je vous ai toujours cru en mesure de m'offrir cela. Me tromperais-je ?

-Prenez l'habitude de ne jamais me poser de questions. Vous êtes quelqu'un de tourmenté. Cela n'aura jamais de cesse. La présence d'une femme à vos côtés peut vous aider à édulcorer vos tourments, vous rassurer un temps. Mais vous êtes fait pour ça, de toujours remettre en question, enclin à n'avoir jamais l'esprit en repos. A supposer que je veuille, ou que je puisse vous comprendre, certes...

-C'est gentil, Laura. Soyez gentille simplement et vous obtiendrez en retour, autant que je pourrai vous offrir.

-Chiche !

Ils se mirent à rire, en chœur.

-Ah, Laura ! Qui aurait cru ?

-Qui aurait cru ? La sympathie ne se justifie pas, elle se vit.

-Vous avez changé, depuis quelques heures.

-Tout dépend du partenaire. Il y a cette ambiance de l'aéroport, ce microcosme de la vie où les gens vont et viennent autour de nous, la surveillance qu'exercent les policiers aussi, qui se déplacent et parcourent les halls sur leurs scooters, en un lieu presque hors du temps et de l'espace, quasiment sans référence, suspendu dans la nuit. Une future navette spatiale, un lieu de transit, une aérogare, une attente, un but...

-Dans quelques heures, le jour se lèvera, ici. Nous irons à contresens dans la nuit, pour atteindre l'aube d'un jour nouveau, à Paris. Peut-être alors pourrons-nous nous apprécier, nous aimer ? Pensez-vous que l'amour n'a pas d'âge, qu'il est toujours le temps d'aimer ?

-Comme vous l'avez suggéré, on peut aimer de multiples façons. Cela ne se limite pas seulement au plaisir charnel. C'est plus évident encore pour une fille qui n'a fait que ça, d'être assujettie au désir, au plaisir des autres hommes, sans aimer. L'un ne va pas sans l'autre, c'est très dur de se prostituer, c'est l'enfer. Je n'embrasse pas. Avec vous, peut-être... J'ai eu un père autrefois qui a tenté d'abuser de moi, de se livrer à certains attouchements. L'inceste est présent chez la plupart des hommes, même chez ceux qui n'ont jamais eu d'enfants. Ce qui explique le viol moral et physique, la pédophilie, tous ces détraqués sexuels qui poussent comme de la mauvaise herbe. Le chiendent de l'existence. Tous ces êtres anormaux. A croire qu'il n'y a pas de limite entre l'anormal et le normal, ce que nous définissons de censé, d'équilibré, sans tabous, sans faire appel au moindre sens moral, car il est inclus dans le comportement. J'en sais quelque chose.

-Vous y croyez ? Sans avoir recours à la moindre notion morale ? Ce qui est bon pour l'équilibre, certes, ce qui est dicté par la loi de nature. Mais on n'en sortira pas. Il n'y a pas d'issue. La loi de nature ! La marionnette, ou la girouette pulsionnelle que nous sommes, qui en tire les fils ? Sans doute sommes-nous faits pour ça : certains contrôlent, d'autres se débrident, il n'y a pas de loi à leur mesure. C'est quand l'homme sécrète un monstre qu'il devient dangereux par besoin d'assouvir la pulsion, en transgres-

44

sant tout interdit, lorsqu'il n'essaie même pas de se dominer. L'idée du couperet de la guillotine en faisait hésiter certains. A croire qu'il n'y a plus de tabous…

-Rien n'est justifié par rien, sinon le fait peut-être d'être mis à l'épreuve ? On devrait tester tous les individus, leur faire passer un examen. Un scanner mental. A quoi bon la psychanalyse ?

-Par qui ? Par quoi ? Pourquoi ? Rien, aucune réponse. Si l'homme est un animal. Si les animaux mammifères ont le choix, autant que les oiseaux, les reptiles ? Je ne pense pas. Comment rester sur ces paroles vaines ? Tout ce qui est gradué, légiféré ! L'essentiel est d'avoir la foi pour soi. Dès lors… Buvons notre café, Laura. Nous en prendrons un autre ?

-D'accord, dit-elle, en riant.

-Nous avons les mêmes goûts…

Il se tourna et fit signe à la serveuse :

-Deux cafés de plus, s'il vous plaît, doubles.

Le temps s'écoulait encore, autant que l'activité dans le terminal. Bientôt ce ne furent plus que quelques minutes qui les séparaient de l'embarquement. Ils perçurent la voix de l'hôtesse au micro, qui annonçait leur vol, et se levèrent, se dirigèrent vers le sas de contrôle où des voyageurs déjà se massaient.

-S'il faut toujours être contre quelque chose ou quelqu'un, lui dit-il, soudain, la plupart des gens diffusent ou se nourrissent de gaz carbonique, limités à leur triste condition, stéréotypés par des clichés rassurants qui les figent. Ils n'avancent guère. Depuis que nous sommes ensemble, il se peut que rien de ce que j'ai pu vivre ou vu, n'ait réellement existé. Cependant, il n'est pas facile d'oublier. Je pense à vous, jeune Laura, ce qui n'est pas une raison d'en rire…

-Quel phraseur ! déclara-t-elle. Vous me faites presque regretter de partir…

Mais elle se mit à chantonner une chanson de Jean Ferrat, adaptée d'un poème d'Aragon :

-Que serais-je sans toi qui vins à ma rencontre ?

-Ne vous moquez pas Laura, c'est très sérieux. Serons-nous jamais au même diapason, sur la même longueur d'ondes ? C'est beaucoup demander…

Il en rit, enfin, et dit :

-Même si cela paraît moins important, plus insignifiant, que cela ne devrait l'être ?

-Cela va être gai ! Ce n'est pas drôle. Parlons d'autre chose. Attends-tu de moi quelque chose qui n'existe pas ? demanda-t-elle, en le tutoyant. Je suis simplement humaine, simplement...

-Je le sais, je ne m'en fais pas d'idée. Je suis phraseur et pessimiste. Pour adopter le tutoiement, je sais même que je serai trahi par toi, autant que par d'autres, le moment venu.

-Dans ce cas, pourquoi ? Pourquoi, dis ? Je suis bien bonne. Pourquoi n'ai-je pas renoncé de venir avec toi ? L'amour absolu n'existe pas, c'est une erreur, malgré ce que tu as pu, ou ce que j'ai pu connaître. Dis-toi bien cela. Je n'ai aucun respect des vivants, autant que des morts. Il y a toujours l'intérêt. L'intérêt motive tout, simplement...

-La seule loi que j'approuve. On verra ! S'il convient de penser, ou de ne pas le faire, d'agir, ou de ne pas agir ! Le phraseur n'agit pas. Mais dès qu'il se tait...

Ce fut l'heure de départ, et l'avion décolla. Ils progressè-rent dans le jour qui se levait sur la mer. Ailleurs, il faisait nuit.

◆◆◆

Paris, aéroport Charles de Gaulle, terminal 3. Il est presque six heures du matin. Le jour vient de se lever. Les voyageurs en provenance de Montréal quittent la passerelle du Boeing et se dirigent sur le tarmac de l'aéroport vers le hall de sortie. Laura et Pierre passent la douane, sans encombre. Ils s'orientent ensuite vers le hall de réception des bagages.

Un homme aux cheveux presque gris, la cinquantaine, une jeune femme brune, Laura. On les voit passer. Ils vont reprendre possession de leur valise, c'est tout. Ils ont l'air d'un couple comme les autres, malgré la différence d'âge, à première vue, qui les distingue. Sont-ce peut-être la fille et le père ? La jeune femme se tient à gauche de l'homme vêtu d'un costume de tweed. Elle est belle et ravissante et s'adresse à lui, de temps à autre, avec un accent chantant. Lui se tourne vers elle, la regarde avec bienveillance. Il lui répond par intermittences et lui sourit. Une histoire commence. Ce n'est pas La Belle Histoire, de Lelouch, cela pourrait être n'importe laquelle, mais ce n'est pas le cas. Le tapis diplodocus tourne en rond dans la salle. Des voyageurs attendent un instant, le temps de récupérer leur bien. Les deux voyageurs font comme eux, ils saisissent chacun leur valise, au passage, puis s'en vont.

-Taxi !

L'homme donne le nom d'une adresse, à Paris. Le décor de l'aéroport s'estompe peu à peu. En direction de la capitale, le taxi traverse une série de banlieues industrielles sinistres hérissées de tours HLM. Le trafic est déjà dense sur la chaussée à quatre voies.

◆◆◆

Il y a un arrêt dans le décor, les images se figent, quoique l'homme se soit approché de la jeune femme, quoiqu'il l'ait dévêtue comme un mannequin ou une poupée, qu'elle soit restée impassible, frétillante et sensible, qu'il l'ait prise contre lui et déposée sur le lit. Il a caressé doucement le cresson de son pubis, il a effleuré à peine du doigt, plus avant, il a senti qu'elle était prête plus rapidement qu'il n'aurait pensé. Alors il a introduit sa verge en elle. Ils ont dormi. Ils se sont repris, plusieurs fois. Puis il a dit :

-Je dois m'absenter quelques temps. Je dois réaliser quelque chose, en province. Je vais te faire connaître Marina, une jeune femme de ton âge, avec laquelle tu pourras sympathiser. Elle t'aidera à trouver une occupation, dans un bureau, du travail. Cela te dit ? Il faut aussi se servir d'un ordinateur. Enfin, tu verras, avec elle.

Il ajouta :

-Mets-toi à l'aise, installe toi. Tu as ta chambre, ici, au bout du couloir, à droite. Ce soir, tu dormiras seule, car je dois partir, à Marseille. Je te téléphonerai, de là-bas. Tu es ici chez toi. Je te montrerai tout à l'heure, en descendant, à quel endroit tu pourras faire tes courses. Tu risques de t'ennuyer, certes, mais je reviendrai un jour, je ne sais pas quand. Marina t'aidera à sortir de là, pour le job, dans l'agence de publicité où elle travaille. Tu verras cela te plaira. Elle sera au petit soin avec toi. Si tu rencontres le grand amour durant mon absence, fais-moi signe, autant que si tu décidais de prendre un avion de retour pour Montréal.

Elle alla visiter sa chambre, puis revint s'asseoir dans un fauteuil.

-Je ne sais pas comment te remercier.

-Plus tard. J'ai toujours rêvé d'avoir une fille. Celle-ci s'appelle Laura… La seule chose que je veuille, la seule garantie exigée, c'est que tu ne recommences pas ta vie d'avant. Adopte un nouveau comportement. Ne va pas seule dans les bars de nuit. La mise en condition de certains stimuli sur le cortex cérébral interdit la remise en cause de quoi que ce soit. Le rouleau compresseur de la machine à emboutir a toujours raison… Fais appel à Marina. Vous pouvez devenir de vraies copines, toutes les deux. Elle te fera connaître d'autres gens.

◆◆◆

Pierre partit avec le train de nuit. Elle dormit seule, cette nuit-là, comme les nuits suivantes. Elle rencontra Marina qui lui offrit du travail dans son agence. Elle commença à changer de vie.

Un soir qu'elle rentrait du travail, à la station de métro Concorde, elle lut : « Sortie rue Saint-Florentin, rue de Rivoli, côté jardin des Tuileries. » Elle se dirigea vers la sortie, « jardin des Tuileries». Il pleuvait dru sur Paris, une pluie d'été. Dehors, les autres préféraient marcher de l'autre côté de la rue, à l'abri des arcades. La capitale était quasiment déserte au mois d'août. La pluie ne gênait pas Laura. Elle prit l'habitude d'avancer à pas lents, en serrant son sac contre elle, le bras gauche replié, le poing légèrement fermé. Elle parcourut ainsi une centaine de mètres, puis elle s'arrêta. Elle eut envie d'une cigarette qu'elle l'alluma avec son briquet, après l'avoir tirée d'un paquet de Camel. Elle reprit son chemin en traversant la Seine et bifurqua sur le quai Anatole France, après la rue du Bac. A se retenir de marcher vite, ainsi, en tirant de temps à autre sur sa cigarette, elle put constater qu'à la vue des rares silhouettes de gens qui la croisaient et se hâtaient sous la pluie, certains avaient une curieuse tendance à la dévisager, au passage, comme intrigués par sa lenteur. « Des quidams, sans importance », songea-t-elle. Elle jeta sa cigarette et se mit soudain à courir, sous la pression accrue de l'averse en longeant la gare d'Orsay, puis elle prit la rue de Lille, la rue de Poitiers et arriva devant son immeuble, au coin de la rue de Verneuil. Elle gravit rapidement l'escalier. Elle fouilla dans son sac pour trouver les clefs et ouvrit la porte. Depuis plus de deux jours qu'elle se trouvait seule, à Paris, elle n'avait jamais contacté personne, à Montréal, cela ne lui venait pas à l'esprit. Il y avait trop de danger.

48

D'ailleurs, qui connaissait-elle désormais, là-bas, avec qui tenait-elle à rester en liaison ?

Laura se précipita dans la salle de bains, les cheveux humides. Elle posa son sac sur une commode, puis ouvrit lentement sa main gauche. Laura était gauchère. La paume et les doigts de sa main étaient encore tachés de sang. Elle put s'en rendre compte, avec un mélange de stupeur et d'horreur, depuis qu'elle avait gravi en hâte les marches de la bouche de métro, qu'elle avait ralenti le pas pour résister à l'appréhension irréversible qui la poussait en avant, avec un instinct de fuite, parce que quelque chose d'étrange venait de lui arriver, qu'elle ne contrôlait pas, qu'elle ne pouvait pas comprendre, après avoir fait irruption, dehors, dans la rue, après avoir vu les gens marcher sous les arcades, afin d'éviter la précipitation des gouttes de pluie. Elle avait ralenti sa marche, exprès, pour ne pas passer pour une agitée ou une extravagante, une folle, pour ne pas leur ressembler. Elle avait réussi à récupérer un semblant de calme, mais comme une césure sur un vase de chine, le flash qui avait grippé son esprit ne passait pas. Qu'avait-elle commis de si répréhensible, alors qu'elle en était encore secouée, par moments, tandis qu'elle s'efforçait de marcher lentement, en réprimant sa colère ? De quel crime, ou quel méfait, voire de quelle agression était-elle l'auteur, elle, la québécoise de Montréal, transplantée ? Qu'avait-elle réalisé un instant plus tôt ? Quelle était cette autre qui avait agi à sa place ? En se plaçant devant le miroir au-dessus du lavabo, elle s'observa et commença à élever sa main presque tremblante et ensanglantée à hauteur de son visage. Il lui parut alors que son rouge à lèvres avait pris la couleur du sang. Elle eut un léger sourire, comme un rictus involontaire et se détourna de cette image impossible, vite, pour échapper au cliché qu'elle eût d'elle, à ce moment-là, avec la sensation d'être prise au piège. Elle ne pouvait accepter cette image entraperçue, un quart de seconde, ce reflet. Elle ferma les yeux, un instant, les rouvrit, s'efforça de paraître normale, de retrouver un visage agréable, en balayant la glace de gauche à droite, et vice versa, d'un geste brusque, pour effacer la vision de ce quelqu'un qui lui ressemblait, qu'elle avait vu apparaître très vite, comme un double surgi dont elle ne savait d'où, qui ne pouvait pas être elle. Elle s'inclina légèrement, tourna les robinets du mélangeur afin de remplir le lavabo d'eau tiède. Comme à regret, avec une sorte d'appréhension, elle y plongea la main. Elle commença à agiter ses doigts dans l'eau qui se teintait de rouge, puis elle augmenta encore le débit des robinets. Elle eut la sensation que sa main disparaissait momentanément, se brouillait dans le bouillonnement de l'eau tiède dans la cuvette. Elle laissa couler les robinets longtemps. Elle resta ainsi, les yeux mi-clos, le corps parfaitement immobile. Elle respirait prudemment. L'eau qui emplissait le lavabo et s'en évacuait à mesure par le bas, ne lui parut plus rougeoyante. C'était de l'eau propre, absolument pas salie. Combien de temps resta-t-elle ainsi, assujettie à attendre devant la cuvette qu'elle voyait se remplir et se vider ?

Elle ouvrit les yeux en grand, cette fois, se vit dans la glace, propre, nette, un peu lasse, sans appréhension particulière. Il y avait cependant ce quelque chose qu'elle ne comprenait toujours pas, qui restait figé dans sa conscience. Qu'était-ce ? Elle n'avait jamais été sujette de ce genre de dédoublement, à Montréal, jamais. Pourtant, elle avait agi, elle s'était vu agir tout à l'heure, avec une détermination impulsive dans le wagon du métro, parmi d'autres gens, derrière cet homme bien mis, d'un certain âge, qui lui tournait le dos. Pourquoi avait-elle sorti son couteau et frappé dans le dos, sans que personne ne vît rien, à moins qu'un quidam en fût témoin, juste au moment où elle devait quitter le compartiment ? Cela s'était déroulé très vite. Elle avait appuyé sur le déclic, enfoncé la lame d'un geste brusque, à hauteur des reins ou du bassin de l'inconnu. L'homme avait gémi, et ne s'était pas affaissé presque sur le coup, comme si sa main réussissait à le maintenir encore accroché au genre d'attache-bracelet qui servait d'appui au-dessus de lui. Il y avait presse dans le compartiment, les gens se touchaient presque, pour la plupart. Sans doute le maintenaient-ils debout ? L'homme n'avait presque pas gémi, arrêté net, une main accroché à l'appui au-dessus. Mais Laura était déjà dehors. Elle courait déjà dans les couloirs du métro, après avoir sauté sur le quai. La rame venait de repartir. Il faisait chaud dans les couloirs du métro, l'air ambiant avait une odeur méphitique, pauvre en oxygène, presque une odeur de rat mort. Elle avait perçu le bruit caractéristique des portes du compartiment qui résonnaient encore à ses oreilles et s'étaient fermées dans un chuintement de départ. La rame déjà repartie, elle se hâtait vers la sortie.

Laura cessa de s'observer et se savonna les mains, les essuya. Elle s'approcha de son sac, en retira le couteau à cran

50

d'arrêt fermé. En appuyant sur le déclic, elle fit jaillir de nouveau la lame. Le couteau était sale, tâché de sang. Elle nettoya la lame soigneusement avec des feuilles de papier hygiénique, un mouchoir-kleenex qu'elle tira d'une poche en plastique et imbiba d'alcool, jusqu'à ce que d'un geste brusque, précis, elle jeta tous les papiers dans la cuvette des wc. La lame lui parut désormais propre et lisse. Elle appuya de nouveau sur le déclic. Celle-ci réintégra sa place initiale, à l'intérieur du manche. « Ni vu, ni connu ! », songea-t-elle. Pourtant, elle se revit rester encore, en rinçant le lavabo jusqu'à ce qu'il fut plein à ras bord, en évacuant l'eau périodiquement, en fermant et en libérant le fermoir du bas. Elle recommença plusieurs fois. Ses vêtements étaient mouillés de la pluie. Elle se changea, en songeant, à Pierre. Qu'était-il allé faire à Marseille ? Il ne lui avait rien dit sur ce point, il ne lui avait pas donné de détails, comme s'il tenait à garder un secret. Ce n'était pas dans ses habitudes, depuis qu'elle le connaissait. Elle resta dans le flou au sujet du départ précipité et de l'activité cachée de Pierre, en songeant à l'homme qu'elle avait frappé dans le dos, tout à l'heure. C'était impensable. Elle s'était muni d'un cran d'arrêt chez un armurier, au cas où, le jour précédent. Pourquoi une arme blanche de défense ? A Paris, comme à Montréal, il fallait penser à tout. Il y avait toujours une marge d'imprévisibilité qui vous attendait au coin de chaque rue. On pouvait voir Laura aller et venir, à des heures précises, observer son manège, être tenté d'abuser d'elle, de la voler ou de l'agresser, car elle avait l'air d'une étrangère, elle n'était pas habituée à la vie de Paris. Un homme seul ou plusieurs devaient suffire pour lui faire du mal, même si elle savait se défendre. Ou bien ceux de Montréal avaient pu être avertis et arriver en trombe pour lui demander des comptes ? Paris était plein de sympathisants de la mafia. S'il y avait autant d'organisations dans les pays qui oeuvraient pour une raison identique, elle était bonne pour un passage à tabac, pour qu'on la marquât ou qu'on le défigurât. Aux abords du métro, toutes sortes d'individus traînaient, à n'importe quelle heure, aussi bien sur le quai, que dans la rue, à l'extérieur, des dealers, des gens qui ne faisaient rien, à l'aise parmi les piétons pressés, autant qu'elle en avait vus, à l'intérieur du wagon, quand une rame s'arrêtait ou repartait. Des mecs à la recherche d'un mauvais coup, incités par l'occasion ou le hasard... Une jeune et jolie femme comme elle attirait toujours l'attention, parce qu'on la voyait seule. Il lui manquait l'habitude du secteur, entre la rue de Verneuil et de Poitiers, la rue de Lille, la rue du Bac et la Seine, si elle finissait par se rassurer peu à peu, en restant sur le qui-vive.

Laura se coiffa, remit un peu de rouge à ses lèvres et sortit. Elle arriva en avance, au restaurant, suite au rendez-vous que Marina lui avait fixé, en s'apercevant qu'elle avait oublié son couteau dans la salle de bains. C'était la première fois, depuis son achat de la veille, qu'elle sortait sans être en présence de l'arme. Le sac, elle ne sut trop pourquoi, lui parut soudain plus léger.

Elle fit signe à l'un des garçons, et celui-ci vint à elle. Elle commanda un café, avec son accent chantant du Québec. Le bar était plein d'habitués, des hommes, pour la plupart, qui se tournaient parfois dans sa direction, la dévisageaient. On sentait leur désir qu'ils avaient d'entrer en rapport avec elle, de faire sa connaissance. Quoiqu'elle se sentît attachée à lier conversation avec ceux de sa génération, elle se souvint de l'avertissement de Pierre : « Ne va pas dans les bars de nuit ». Sous-entendu : « Si tu veux changer de vie… » Fidèle à ses conseils, elle prenait garde aux invites du regard et dans le geste, de certains, de ceux qui prenaient la liberté de s'asseoir à sa table, devant elle, sans y avoir été invité, disposés à lier conversation. Elle les écoutait parler. Il lui arrivait d'être presque séduite par l'un de ces beaux parleurs qui exerçaient leur charme de mâle sur elle, mais elle se sentait vaccinée de ce côté-là. Elle se souvenait trop où des cas semblables l'avaient menée, à Montréal. Elle faisait la sourde oreille, examinait l'intrus, ou l'enjôleur d'un œil étonné, attentive à ses gestes, sans ajouter autre chose. Elle se contentait parfois de répondre, en anglais :

- What ? What are you saying ? I can't understand…

Certains qui connaissaient la langue de Shakespeare répondaient :

-I love you… Je vous aime.

Elle faisait la sourde oreille. Sur quoi le beau mâle, en question, en restait à son quant à soi, interloqué, et s'éloignait en silence, en roulant des épaules. Cela lui plaisait de les rembarrer, tout en sachant qu'ils étaient frustrés dans leur sexe, dans leur assurance et leur charme de beau gosse, qu'ils n'avaient pas de prise sur elle. Elle était quasi certaine que leur virilité en prenait un coup, depuis qu'ils devaient souvent la voir passer dans la rue, qu'on avait dû remarquer sa silhouette. Elle venait de commencer à boire une gorgée de sa tasse de café, quand Marina arriva et s'installa en face d'elle. Elles s'embrassèrent. Marina, fidèle au rendez-vous, prit de ses nouvelles fraîches, puis se plongea dans la lecture de la carte des repas, pour savoir ce qu'il y avait au menu du jour. Laura ressentit soudain qu'elle n'avait pas faim, qu'elle était sortie dehors pour être en contact avec quelqu'un, l'ambiance de la rue, ainsi revoir Marina. Sans qu'elle fût capable de rien lui expliquer, les deux jeunes femmes avaient immédiatement sympathisé. Un flot de salive, comme un début de nausée emplit brusquement la bouche, les lèvres de Laura. Elle en parut confuse et s'essuya les lèvres avec un kleenex. En repoussant légèrement la table, elle se leva et se précipita vers les toilettes, au sous-sol. Elle se pencha au-dessus de la cuvette et vomit un flot de bile mêlé à du café. Elle ne risquait pas cependant d'être mise enceinte, ce n'était pas le cas. A Montréal, elle prenait toujours les précautions d'usage, chaque fois qu'elle avait une passe à faire avec un nouveau client. Elle s'assit sur le siège et reprit son souffle peu à peu. Marina, qui l'avait suivie, tambourinait à la porte, et la suppliait d'ouvrir ou de répondre.

-Cela ne va pas, Laura ?

Laura ne répondit pas, elle ne pouvait pas répondre. Elle se leva enfin, se lava les mains et sortit.

-Qu'est-ce qu'il t'arrive ? demanda Marina.

-Je ne sais pas, peut-être un léger malaise.

Marina insista pour rester plus longtemps que prévu avec elle, après leur départ du restaurant, mais Laura refusa catégoriquement. Elle avait besoin d'être seule, de se plonger dans ses pensées, de faire le point.

-Tu as eu des nouvelles de Pierre ? lui demanda-t-elle.

Laura haussa dubitativement les épaules, d'un air de dénégation.

-A demain, ma chérie, lui dit-elle.

Elles s'embrassèrent. Marina quitta l'appartement en prenant l'ascenseur.

♦♦♦

Après son départ, Laura se rendit à la salle de bains. Elle s'observa par curiosité dans le reflet du miroir en testant l'expression de son regard pour voir si rien de ce qu'elle avait entrevu, une fraction de seconde, n'apparaissait dans un repli de ses yeux, qu'elle n'arrivait pas à distinguer. Elle testa les moindres mimiques, les expressions diverses devant la glace auxquelles elle se livra, mais le rictus amer qu'elle avait découvert ne réapparut pas. Elle eut beau se forcer à sourire, à se distendre la bouche, à se regarder méchamment, fixer avec une sorte de réprobation son visage dans la glace, en fronçant les sourcils, elle ne renoua pas avec l'impression de malaise et de nausée qui l'avait prise, plus d'une heure auparavant. Elle arborait un visage sans faille, ce qui ne la rassura pas, car il y avait toujours ce double en elle qui l'habitait, cette image en faux-semblant qu'elle avait cru voir, autre chose qui la scandalisait jusqu'à la dérouter, à déclencher en elle une sensation de déséquilibre et de vertige à laquelle elle ne pouvait résister. Nausée qui l'avait prise, à l'improviste, quand elle fut surprise par cette image d'elle impossible à admettre, entrevue : « Sommes-nous tous habités par un monstre ? », songea-t-elle.

Elle retrouva le manche de son couteau quelque part, en fit jouer le déclic : la lame jaillit, étincelante, impeccablement propre. Cette lame qu'elle avait vu frapper comme animée d'une volonté propre, comme si son bras et sa main liés au manche du couteau avaient été animés par un effet de télékinésie impulsif qu'elle n'avait pas pu dominer au moment crucial, à croire que le déclic de l'ouverture de la lame s'était déclenché tout seul, stimulé par une force magnétique qui la dépassait et l'avait conduite à frapper le vieil homme bien mis, inconnu, qui se trouvait devant elle. Elle avait été agie. Elle voulait savoir par quoi. Elle s'était sentie sous la domination d'une force occulte, indépendamment de sa volonté, mais laquelle ? Elle flaira la lame : la moindre odeur de sang en avait disparu. Il n'en restait aucune trace, aucun signe. Avait-elle déliré, ou rêvé ? Etait-ce le fait d'une autosuggestion ou d'une illusion dues à un trouble psychique, à un vertige, une perte d'équilibre, passagers, assez redoutables pour l'avoir secouée à ce point ? Elle se laissa tomber sur une chaise, respira lentement. Au genre d'émotion qui l'envahit, elle se rendit compte qu'elle avait le regard mouillé de larmes. Qu'est-ce qui la traumatisait ainsi ? D'avoir frappé cet homme, de n'avoir pas pu résister à l'impulsion de le frapper, de l'atteindre avec son arme ? Rien n'avait changé en apparence depuis qu'elle était sortie du métro ? Cependant, tout semblait devenu différent. Etait-elle sur le point de s'égarer, de perdre tout contrôle censé sur elle-même ? Il n'y avait pas de sang sur son couteau, ni sur sa main, la couleur des particules d'un sang qui n'était pas le sien, qui aurait pu apparaître encore par des indices à peine perceptibles, des molécules qu'elle était seule à voir, à percevoir, ceux de ce quelqu'un qui avait été blessé ou frappé à mort avec la lame de son poignard. Elle avait servi d'automate, de moyen, à l'instigation d'une force pulsionnelle qu'elle ne dominait pas, à l'aide d'un instrument tranchant avec lequel elle avait frappé, sous l'emprise d'une volonté soudaine, rageuse et forcenée, une puissance ambiguë, auxquelles elle n'avait pu résister. Pourtant, c'était bien elle, pas quelqu'un d'autre, Laura ! Bien sûr, il y avait eu cette hâte retenue, à disparaître le plus vite possible, à ralentir sa marche le long du trajet à pied jusqu'à chez elle, jusqu'à l'appartement de Pierre, comme pour s'y cacher, le cabinet de toilettes muni d'un lavabo dans lequel elle s'était lavé les mains après avoir nettoyé le couteau. Puis elle était ressortie de nouveau à cause du rendez-vous que lui avait fixé Marina, jusqu'au restaurant dont l'enseigne clignotante scintillait de mille feux, à proximité de la rue de l'Université : « Au fin bec ». Marina avait commandé la même chose que toutes les autres fois où elles dînaient ensemble. Des calamars à la sauce chinoise, un demi de vin d'Artois. Elles avaient sympathisé d'emblée, toutes les deux. Elles s'étaient plu, dès le premier contact. C'était impossible. Non, elle n'avait pas la berlue, il n'y avait pas de trace de sang dans la pièce, sa fin de journée avait été comme les autres, depuis qu'elle se trouvait à Paris, en occupant le logement de Pierre, pas loin de la façade du cinq rue de Verneuil recouverte de tags, où logeait Serge Gainsbourg. Rien ne s'était passé. Elle n'avait jamais frappé l'homme dans le dos, au point de l'avoir tué peut-être ? Elle sentit des larmes couler silencieusement de ses yeux, le long de ses joues, alors qu'elle avait du mal à réprimer des petits sanglots secs et impuissants, des pleurs quasiment sans larmes qui ne la soulageaient pas.

Elle se leva, s'approcha de nouveau du lavabo. Décidément, elle avait une drôle de tête. Elle fit couler un peu d'eau fraîche dans ses mains jointes et l'aspira de toutes ses forces. Elle suffoqua, toussa avant de cracher, et renifla, se moucha avec un kleenex de ceux qui avaient permis à faire disparaître le sang du couteau. Le goût du vomi avait disparu. Elle se sentit mieux. Après s'être déshabillée, elle se coucha et éteignit la lumière. Elle avait l'habitude de dormir nue entre les draps. Ce lit était tout neuf pour elle.

Elle s'éveilla au cours de la nuit, la bouche sèche, la peau douloureuse. Sans la lumière vive du jour, ses yeux ne distinguaient presque rien autour d'elle, à part le profil des meubles qui apparaissait dans le halo de la lampe, le pied du lit, un fauteuil, une commode sur laquelle traînaient divers objets, une statuette khmère en bois de teck qui représentait une prêtresse, les mains jointes, qui priait un dieu hypothétique, en l'occurrence le Bouddha, ses vêtements, sa culotte, son soutien-gorge. Tout semblait immobile autour d'elle. Elle mit du temps à découvrir qu'elle était seule avec pour seul témoin cette statue en bois de teck Elle reconnut là, dans l'attitude représentée par la prêtresse, une divinité qui semblait rendre hommage à un dieu créateur, dans le « wai » cher aux asiatiques, qui pouvait aussi évoquer une apsara surgie du temple d'Angkor, à peine visible dans la clarté dispensée par la lampe et l'ombre de la chambre. Une présence symbolique au pouvoir magique dans la nuit de Paris au silence troublé par le passage espacé des véhicules.

Elle s'aperçut qu'elle avait soif, et qu'un verre d'eau se trouvait à portée du lit, sur la table de chevet, qu'il suffisait de tendre la main pour le saisir, mais qu'elle ne pouvait bouger son bras. Elle ferma les yeux, attendit. Elle sentait son corps hypersensible, au point que sa peau, sa chair, ses muscles, ses os, ses nerfs, s'étaient concentrés en une fine pellicule sur toute la surface de son corps. Une réaction basique, épidermique, comme si l'ensemble de sa soma, en interaction avec son cerveau, lui posait une question muette à laquelle il ne pouvait répondre. Elle attendit, en vain. Le corps seul ne parlait pas, même s'il était toujours capable d'agir sur les fonctions cérébrales par l'intermédiaire des sens et la pratique du langage, mais ce n'était pas cela qu'elle cherchait. Elle sentit qu'elle ne pouvait pas se permettre de parler toute seule dans la pièce, en formulant une réponse au corps qui l'habitait, pas plus qu'à la statue. Elle bougea la tête, les jambes, et s'assit. Son lit était humide. Elle crut qu'elle s'était laissée allée sur le drap, en humectant le matelas durant son sommeil. Elle n'était pas sujette à l'incontinence, à son âge, elle n'était pas ce qu'on appelle une femme fontaine, elle n'était pas non plus en phase d'orgasme. Elle comprit seulement en touchant ses cheveux humides qu'elle avait transpiré. Le téléphone sonna. Elle décrocha et reconnut la voix de Pierre. Il dit qu'il avait fait déjà plusieurs essais pour la joindre, mais qu'elle travaillait à l'agence de publicité de Marina. Parfois, le soir, Marina l'invitait au restaurant, et voulait aussi lui faire connaître Paris by-night. Elle rentrait tard souvent dans la nuit, en compagnie de la jeune femme qui la ramenait dans son Opel. Elle s'aperçut vite que Marina était lesbienne, ou bisexuelle, car elle l'amenait souvent dans des boîtes branchées où des hommes dansaient en couple, autant que des femmes assises dans des sortes de loges particulières, roucoulaient et se caressaient en aparté, ou s'embrassaient à pleine bouche. On entendait souvent des rires jouisseurs, des paroles ambigües qui ne laissaient pas de doutes sur la nature de leurs relations. Souvent deux hommes, ou deux femmes, quittaient la salle en se tenant par la taille. Pierre parut s'inquiéter, par le ton et la nature badine qu'il voulait donner à ses propos, et l'assura qu'il ne tarderait pas à rentrer de Marseille. Selon ses dires, il n'avait pas encore fini le travail qu'il avait projeté d'effectuer, dans le cadre de la ville phocéenne.

-C'est très important pour moi, tu comprends ? N'aie crainte, Laura, je serai bientôt là.

Quand elle se leva, vers sept heures trente, elle endossa un peignoir et actionna la manivelle qui permettait au rideau métallique de monter, surprise de se rendre compte qu'il faisait déjà jour, dehors, qu'une journée splendide s'annonçait avec le soleil qui commençait à darder ses rayons sur les arbres de la résidence, dans les allées. Elle resta un instant interdite devant la porte fenêtre, l'entrouvrit et s'avança sur le balcon, attentive au vol, au chant de certains oiseaux qui rayaient le ciel, au passage, s'élançant d'un arbre à un autre, aux pigeons qui roucoulaient dans le charme devant la fenêtre. Elle revint à l'intérieur de la pièce et décida de refaire le lit, avec des draps secs. Puis elle entendit d'autres coups de téléphone et décrocha l'appareil. Elle perçut la voix de Marina qui lui souhaitait le bonjour et lui demandait si elle avait bien dormi. Elle consulta sa montre. Il était à peine huit heures moins le quart du matin.

-Faut que je m'habille, répondit-elle.

Marina lui dit qu'elle passerait chez elle, la prendre au passage, afin qu'elles puissent se rendre à l'agence ensemble, dans sa voiture. Laura parut satisfaite de ne pas avoir à reprendre le métro. D'ailleurs, cela lui parut, en fin de compte, superflu. Quand Marina arriva, elle sonna à l'aide de l'interphone dans le hall. Laura alla répondre, actionna le mécanisme qui ouvrait la porte d'entrée, puis elle ouvrit la sienne, dans le vestibule, dès qu'elle l'entendit monter les marches, en négligeant l'ascenseur. Marina se rendit compte que Laura n'avait pas encore fait sa toilette.

-Que t'arrives-tu ? Ne serais-tu pas un peu malade ? lui demanda-t-elle.

Face à l'hésitation, au regard égaré, à la figure à l'envers de Laura, elle la persuada d'écouter ses conseils et de prendre un bain chaud. Laura lui confia qu'elle avait dû changer les draps humides, après s'être aperçue qu'elle avait transpiré durant la nuit.

-Tu as une forme de grippe, ma chérie. Essaie de prendre ton bain.

Elle se dirigea vers la cuisine et lui prépara un bol de café, et un bouillon chaud.

Une fois que Laura revint du bain, à demi-nue en s'essuyant les cheveux, elle lui sourit.

-Te sens-tu mieux ? Recouche-toi, cela va te remettre, l'assura-t-elle. Je te trouve un peu pâlotte. Je t'apporte ton café, et je t'ai préparé un bouillon de légumes. Entre amies-femmes, on s'aide toujours. Tant pis, si tu ne viens pas aujourd'hui à l'agence travailler. Il y en a d'autres. Les garçons s'occuperont de mettre à jour le travail en cours.

Lorsque Laura fut recouchée. Maria lui apporta du café avec des toasts beurrés. Elle lui tint compagnie en lui prenant le pouls jusqu'à ce qu'elle sentît que Laura éprouvait soudain le besoin de se rendormir. Elle conserva le bol de bouillon de légumes pour tout à l'heure, quand elle s'éveillerait, qu'elle plaça au réfrigérateur. Une ou deux heures s'écoulèrent. Marina allait et venait doucement dans la pièce, en prenant la précaution de ne pas éveiller Laura. Puis celle-ci entrevit de nouveau les yeux. Alors Marina se pencha, posa sa main sur son front moite, et lui dit de se reposer encore.

-Cela va aller mieux, ma chérie. Il faut que j'aille à l'agence. Je reviendrai te voir, ce soir.

Le soir, Marina tint à rester avec elle, et se disposa à passer la nuit sur le canapé du salon. Un médecin fut appelé d'urgence durant la nuit par Marina, de son portable, de ceux qui parcourent la ville de leur voiture SOS médecins. C'était un jeune praticien qui diagnostiqua une baisse de tension accompagnée de légers tremblements er courbatures. Il lui prescrivit des médicaments à base d'aspirine, et du repos. Le lendemain matin Marina téléphona au responsable de l'agence, Enrico, pour prévenir que Laura avait huit jours d'arrêt de travail. Elle fit d'abord ses courses et lui prépara son déjeuner. Elle annula un rendez-vous pour revenir plus tôt voir Laura et lui annonça qu'elle s'installait chez elle jusqu'à sa guérison. Après avoir passé quelques heures sur le canapé, Marina vint la rejoindre dans son lit, pour le restant de la nuit. Parfois, de temps à autre, presque à son insu, elle caressait son corps nu et désirable. Marina la quitta le matin, pour se rendre à l'agence

◆◆◆

Laura se réveilla détendue et reposée, à croire que la fièvre qu'elle avait subie, avait été nécessaire à son organisme au point de lui procurer une allégeance sur le plan mental et physique. Elle avait beau réfléchir, ressasser son histoire depuis le début, renouer avec les clichés qui s'imposaient, il y avait une chose dont elle était sûre : il y avait bien eu du sang sur sa main et sur la lame de son couteau, impossible de le concevoir autrement.

Le mardi, comme tous les autres jours de la semaine, elle avait pris le métro pour rentrer chez elle après avoir souhaité le bonsoir au personnel de l'agence avant de sortir. Elle avait fait bonne impression à tous, dont la plupart étaient mariés, ou célibataires qui vivaient en concubinage. Chacun ou chacune des employés de l'agence avait sa gonzesse, ou son mec. Elle avait pris le métro à la station Bastille, pour Solférino-Bellechasse, en changeant à Concorde. Mais ce soir-là, vers les sept heures trente, elle avait décidé de descendre à Concorde. Elle était rentrée à pied avec le couteau ensanglanté dans son sac. Pour la première fois, l'arme avait servi. Elle n'avait jamais songé à l'utiliser pour couper quoi que ce fût, l'employer à des tâches domestiques, et il restait toujours dans son sac. Elle avait préféré cela à une bombe de défense, ou à un « shocker », rien de plus. Personne ne connaissait l'existence de ce couteau au cran d'arrêt sensible.

♦♦♦

Pendant ce temps, Pierre se trouvait ailleurs, dans le sud.

Depuis qu'il avait rejoint Marseille et passé sa première nuit à l'hôtel, Pierre commençait à se sentir seul. Il n'était attendu par personne. Heureusement qu'il avait atteint la ville dans un but précis. Non, personne ne l'attendait, faut dire... A croire qu'il était venu pour jouer le rôle de trouble-fête, celui d'une omelette surprise, au dessert, même s'il n'avait pas la face cave d'un revenant. Il se promena un temps sur le Vieux Port, après avoir descendu la Canebière de la gare Saint-Charles, et drogué du côté de la rue Paradis et des bars ouverts à proximité de l'Opéra. C'était toujours la même pègre qui s'agitait à l'intérieur. On y parlait dans un genre de téléphone portable très spécial. Des filles seules, à la tombée de la nuit, faisaient peu ou prou le trottoir, à proximité, en bravant l'interdiction. Il semblait dangereux de les accoster, car elles pouvaient servir d'appât, au risque de l'application de la nouvelle loi. Il se sentit gaillard de se trouver à Marseille, « péchère », mais pas vraiment. Sensation évanescente, même sans avoir le cœur à le croire... Il se méfiait de la vue de sa physionomie, se souvint qu'il devait être connu encore à la Clinique Saint Clément du professeur Alain Lamberti, par les anciens patients qui avaient eu recours à ses services, en chirurgie générale, urologique et plastique, qui résidaient dans la ville phocéenne, venus aussi de la région provençale, ou d'ailleurs. Personne n'était censé le connaître en tant que confrère praticien, à la Timone, l'hôpital général de Marseille. Il n'y avait jamais exercé. En fait, personne n'était censé l'identifier, sans le moindre a priori, mais l'homme qu'il était, se méfiait, sachant ce qu'il risquait. C'était ce qu'il aurait voulu croire, sans en être vraiment sûr. Il s'était muni de lunettes solaires, afin de dissimuler son regard. Deux ans s'étaient déjà écoulés. Il avait vécu dans la ville, deux hivers, deux étés, de quoi regretter d'avoir quitté la polyclinique tunisienne privée de Djerba la Douce, au cœur de la zone touristique, avant celle de Rabat, au Maroc où il avait pratiqué des interventions sur des malades qui avaient voulu changer de sexe...

Si le transsexualisme se définissait par un désir irrépressible d'appartenir au sexe dont on n'avait pas la morphologie, il en était spécialiste. Il faisait des miracles. Il avait dû s'en accommoder, sa fonction l'exigeait, de s'adapter à la situation d'individus atteints de troubles pathologique, de modifier leurs affects, les états qui niaient leur identité de se vouloir autre par intervention chirurgicale. C'était une opération à hauts risques de permettre à leur transsexualité de s'intégrer au sexe opposé, parce qu'ils souffraient d'une aberration chromosomique, dès l'enfance, même s'il n'y avait pas de doute sur leur appartenance au sexe masculin d'origine. Impossible de les dissuader, s'ils exigeaient une intervention chirurgicale à leurs risques et périls, s'ils revendiquaient de devenir femme. Sa morale n'avait pas à intervenir. Ceux-ci, malades physiquement et psychiquement tarés, avaient recours à lui, persuadés qu'ils appartenaient au sexe opposé. Impossible de biaiser dans des cas semblables, de décider le malade à renoncer à l'irréversible.

Dans la pratique, dans leurs humeurs et leur comportement, les véritables transsexuels se présentaient comme des délirants normaux, à libido inversée, pas seulement, en apparence. Son assesseur et conseiller psychiatre retrouvait dans l'enfance de ces patients ou leur adolescence, voire même après un mariage fécond, des délires schizophréniques où il n'y avait pas d'issue, des épisodes de travestisme. Des motivations à caractère spontané issues de cette enfance, à la perception du désir d'être de l'autre sexe et d'en jouir, souvent sous-jacentes ou mal exprimées par un appel irrépressible, évoluaient très vite et se concrétisaient par des symptômes présents sous la forme de la cristallisation réelle d'une entité, un peu comme cousin et cousine amoureux l'un de l'autre découvrent le mot « inceste ». Si la pathologie de ses malades était généralement incurable, un trouble de l'identité surgi au cours de l'érotisation du cerveau avait fait de ces êtres manipulés par leur génétique, des zombies sous influence, induits par un mauvais codage de naissance. Inconnu, fût-il ? Au bloc opératoire, le transsexuel subissait l'ablation de son organe mâle et commençait son chemin de croix de l'ange qui a déchu. Mais sans être le Christ supplicié, le patient-cobaye qui se prêtait à l'opération défiait toute loi physique interne. Le traitement par les hormones féminines, l'intervention chirurgicale, transformaient en mutilation les organes sains, testicules et pénis, par remplacement ou confection d'un néo-vagin, après section de l'urètre, de quoi ravir et exciter l'esprit d'un public béotien amateur de boîtes de « travelos ». La régularisation sociale secondaire par le mariage n'était qu'un ersatz de soutien, un faux alibi. Le taux des suicides consécutifs dus au drame du transsexualisme empêchait tout déconditionnement possible, tout retour en arrière, à peine épaulé par un accompagnement psychothérapique. Il fallait souffrir pour être belle... Inversement, dans le cas d'une femme, munie d'un faux pénis, pour être beau.

La clinique de chirurgie esthétique du professeur Alain Lamberti, et de ses deux fils, Yvan et Serge, chirurgiens aussi, était située sur la corniche Kennedy, face à la mer méditerranée, dans un magnifique parc aux palmiers centenaires. Son étiquette officielle était celle d'un établissement exclusivement destiné à la pratique de la chirurgie esthétique, mais aussi avec un service destiné à l'urologie, comme une véritable bonbonnière. Toutes les techniques chirurgicales ayant trait à la beauté, au rajeunissement du visage ou du corps, pouvaient être généralisées dans cet univers propice. Pierre avait travaillé là, durant ces deux ans. Il avait été promu responsable du service urologique.

Dès sa décision de rentrer en France, bien avant, il avait remplacé un chirurgien plus jeune et très doué dans le service de chirurgie urologique, mais ce dernier avait eu de graves problèmes avec Alain Lamberti, et ses fils, qui géraient la clinique, par son talent, son non-conformisme, ses extravagances et ses dettes de jeu. Car il jouait, dévoré par la passion de l'imprévisible. René Daste, marié avec une Américaine, avait exercé aussi bien exercé à Chicago qu'à Los Angeles. Il était très bon joueur de poker, un autre moteur de sa vie, et gagnait souvent au cercle fréquenté par certains référents de sa profession, des personnages importants de la ville, des mécènes sans profession, autant que par des mafieux au casier judiciaire vierge qui venaient côtoyer des pontes branchés dans ce club privé. Pierre, diplômé de l'Université de Toulouse, avait échoué à celle de Paris. Il avait aussitôt pris le maquis afin d'exercer son métier dans divers pays, notamment au Maroc, à Rabat, en Côte d'Ivoire, à Abidjan, en Tunisie, à la polyclinique de Djerba la Douce, implantée dans la zone touristique de Houmt-Souk. Il logeait alors à la Marina d'Houmt-Souk. Sa femme Olga, très belle femme d'origine slave, Olga Doutine, rencontrée à Paris, avec laquelle il s'était marié, avait pris le nom de Pierre. Au bout d'un certain temps de vie commune, il s'avéra qu'elle était stérile, ne pourrait jamais avoir d'enfant, à moins d'en adopter un. Ils avaient décidé de divorcer. Dans les derniers temps de leur vie commune, désenchantée, dégoûtée par sa présence, elle avait recours à des amants de rencontre, en l'accusant d'être stérile. Leur vie commune devint un enfer. Elle aimait les jeunes hommes qui, paraît-il, étaient plus virils que lui, parmi lesquels l'un pouvait l'engrosser. L'espoir fait vivre.

Pierre était venu à Marseille précipitamment, plus de vingt-quatre mois plus tard, dans l'intention de se venger. De quoi, de qui, et pourquoi ? Il s'était fait inscrire dans un hôtel sous un faux nom. Il n'était que de passage. Il décida de se grimer davantage en s'affublant d'une moustache postiche, qu'il acheta chez un perruquier. Les lunettes qu'il portait étaient munies de verres qui teintaient au soleil, mais sans correction. Ses victimes devaient être Alain Lamberti et ses deux fils. Il s'était muni d'un Beretta qu'il avait acheté, après de multiples précautions et compromis, à un revendeur interlope. Il avait loué une voiture dans laquelle il avait mis en réserve un fusil de chasse, acheté chez un armurier. Il suffisait de de se montrer dans les bars, entre l'Opéra et le Vieux-Port, pour obtenir gains de cause par l'intermédiaire d'indicateurs plus que véreux, en leur graissant la patte, de disparaître ensuite. Il avait réussi. Le chargeur de son automatique était rempli de balles. Il en avait d'autres encore. Il lui restait de passer à l'action. Il ne pouvait pas regagner Paris sans réaliser ce qu'il avait projeté : astreindre ces fumiers de Lamberti de payer de leur vie, le mal qu'ils lui avaient fait. Il ne pouvait plus opérer sans l'égide et l'approbation du Conseil de l'Ordre, représenté par le vieux professeur Lamberti et sur l'avis d'autres cliniciens hauts placés. On l'avait rayé de la carte. De chirurgien spécialisé, à gangster ou tueur, le fossé est large et creux. C'est un saut de loup. Il suffit de prendre assez d'élan pour le franchir. Mais pour quelle raison ? On le saura plus tard…

Il décida de se mettre à l'affût, autant de fois qu'il lui fut possible. Pour lui, toujours, tant qu'il resterait dans la ville. Les agressions mortelles devaient être réalisées dans les moindres délais. Après quoi, il disparaîtrait. Il orienta chacune de ses planques, différemment. Par nécessité, il voulait se sentir prêt, ne pas être venu dans le sud, pour rien. Il était devenu plus qu'urgent et nécessaire d'objectiver par des réalisations concrètes, les injonctions auxquelles il ne pouvait plus résister, même si son jugement pouvait paraître faussé. « Au premier de ces messieurs ! » songea-t-il, avec un mauvais regard. Le regard cruel d'un fauve qui attend sa proie. Obsessionnel de celui qui est devenu fauve.

♦♦♦

Serge Lamberti gara sa BMW sur le parking de la résidence, « Les trois Caravelles », à Cassis, construite face à la mer. Un homme à moustache embusqué derrière un rempart de fusains l'attendait depuis un certain temps, sans paraître vraiment avoir l'habitude des lieux, tout en se méfiant des allées et venues, des regards de ceux qui pouvaient l'observer des immeubles de la résidence, qui prenaient le frais sur leur balcon, aptes à fixer leur attention sur lui, à cause de sa silhouette, de sa présence qui pouvait sembler inquiétante, inhabituelle. Il n'avait pas mis ses lunettes. L'inconnu qu'il était, s'efforçait cependant de garder une apparence normale, dissimulé à demi parmi les voitures garées, en allant et venant apparemment, sans objet. Mais quand il perçut un bruit de moteur et vit celui qui conduisait, il reconnut l'homme qu'il attendait. Il s'avança en masquant son visage d'une cagoule, avant de tirer sur le conducteur en costume d'alpaga bleu ciel qui sortait du véhicule et lui faisait face, sans douter un instant que celui dissimulé près des voitures garées derrière l'allée de fusains, était quelqu'un qui espérait sa venue depuis longtemps. Le tireur le visa au front et l'atteignit avec le Beretta, par deux fois. Il n'avait pas manqué sa cible et vit sa victime s'effondrer, sans être vraiment sûr qu'elle fût morte. Alors, le visage toujours protégé de son cache-visage, il franchit très rapidement la haie de fusains séparant les deux parkings et s'avança dans la direction de l'homme au sol, armé de son fusil de chasse. Deux coups de balles, style imitation chevrotine, de calibre 12, atteignirent l'homme étendu à terre, au thorax, à bout portant. Puis l'individu masqué prit la fuite, s'élança vers une voiture de grosse cylindrée, garée non loin de là, sans avoir le temps, ni la certitude qu'il venait d'ameuter et d'attirer l'attention des résidents. Il enleva la cagoule qui le gênait, dès qu'il se trouva au volant du véhicule, démarra en trombe pour rouler en accélérant par la Gineste, vers Marseille. « En voilà un de moins, songea le conducteur, le plus facile... Le vieux sera plus difficile à tirer.»

♦♦♦

Il connaissait le secteur, il savait où se rendre. Le chemin dit des « poissonniers » embaumait le romarin et le thym. Pierre se guida entre les pins et les mimosas, en serrant fort les pans de son blazer bleu pour ne pas le griffer. A côté d'un cerisier aux branches en équerre, dans la terre brune, il remarqua qu'un sentier montait comme les marches d'un escalier de théâtre. Pierre les escalada une à une, en s'accrochant à des bouquets de lichens. Ses mocassins, le bas de son pantalon gris furent imbibés de rosée. Il arriva sur un étroit monticule où le mistral et l'eau avaient dispersé les restes ou le cadavre d'un feu de bois. Il réalisa qu'il n'y avait que des gosses, à cet endroit, pour avoir risqué l'incendie. Dans ce coin de Provence, couvert d'un ciel d'argent aux nuages grisonnants, Pierre n'apercevait que de longs pins verdâtres, taillés en oblique, des oliviers inanimés, à sa gauche, un tas de ronces mortes, des troncs d'arbres délavés qui se chevauchaient comme un bûcher. En équilibre précaire sur ce semblant d'échelle, au bas de la Nationale qui menait à droite vers la Ciotat, à gauche vers Ceyreste, il remarqua qu'un long flot de voitures s'étirait et s'écoulait dans les deux sens. Devant lui, se trouvait un vieux cabanon provençal crépi à la chaux, gonflé d'un immense perron, d'un porche trop étroit, comme s'il avait mal grandi. Autour des murs de pierres sèches, plus loin, très haut, il aperçut des villas somptueuses cachées sous les oliviers. Il dominait du regard la bâtisse bien isolée, qui semblait inhabitée. Un souffle de chaleur encore très chaud courut dans l'air. Le Beretta dans sa poche, il se dirigea vers l'une des somptueuses villas, au-dessus. En fait, il devait plutôt descendre légèrement, à cause du dénivellement du terrain. Il faisait jour, avec l'heure d'été, et le soleil n'était pas prêt de se coucher. Il n'avait pas de mal à voir où ses pieds se posaient, le long d'un chemin de terre qui serpentait et descendait lentement la pente, avant de remonter parmi la garrigue, jusqu'au groupe de villas.

La villa « Les rosiers » ressemblait à un gros gâteau à créneaux de meringue, aux toits de nougats, plantée de cheminées et de pointes de pierre comme autant de bougies. En vérité, c'était un ancien château rénové. Ses tuiles rousses et roses éclataient encore au soleil. Au pied du bâtiment, deux lourdes grilles de fer centenaires menaient à la vaste cour intérieure où s'ébattaient et couraient deux magnifiques dobermans de haute taille, au poil luisant, aux gueules ouvertes, aussi bien pour l'attaque, dont les aboiements résonnaient parfois dans les villas voisines jusqu'au village, en dissuadant les curieux d'approcher du « château », avec sa soixantaine de pièces.

Il se retourna soudain et aperçut une silhouette. Un homme en blouson gris, aux cheveux blonds, s'en revenait le long d'un chemin goudronné récemment, deux sacs de provisions au bout des bras. A la vue de Pierre qui le tenait en joue, avec son Beretta, il ne cria pas, il ne fit pas un geste de trop, mais continua d'avancer en le dépassant, le regard tourné vers lui. Puis il s'approcha des grilles, et ouvrit la première avec une clef. Ensuite, il considéra Pierre qui avait rangé l'automatique dans la poche droite de son veston, disposé à s'en servir en cas de nécessité, et l'engagea du regard et du geste, à le suivre. Pierre attendit qu'il passa la seconde grille, car l'inconnu avait saisi qu'il devait attacher les deux dobermans, avant de le suivre. Les deux chiens grognaient encore, mais parurent s'apercevoir que le personnage qui se trouvait près de leur maître, pouvait être aussi bien un nouvel employé du château. Ils cessèrent leur comportement hargneux, offensif, en se laissant assujettir par une laisse métallique qui les entravait, de longueur suffisante pour qu'ils ne puissent pas s'approcher de trop près de l'entrée et laisser le passage libre au visiteur. Quand les deux dobermans furent fixés, chacun avec sa chaîne, l'homme se tourna vers Pierre :

-Je ferais peut-être mieux de les enfermer dans le box qui leur est réservé. Entrez, dit-il, quel bon vent vous amène ? Si je m'attendais à votre visite ?

C'était Yvan, l'aîné des fils Lamberti. Il avait le regard madré, le visage presque jovial, quoiqu'un peu asymétrique, avec un pli presque amer d'inquiétude et de défi au coin des lèvres. Il avait l'air de sourire à la venue du visiteur, malgré son arme que celui-ci evait tenir fixée vers lui à l'intérieur de la poche de son blouson, dans laquelle Pierre venait de glisser de nouveau sa main. On aurait pu croire que rien ne le surprenait, qu'il ne croyait pas à la situation, qu'il réalisait que ce dernier tenait une arme de pacotille dans sa poche, avec laquelle il essayait de l'impression-ner, qu'il pouvait aussi bien se mettre à jouer avec, en la lançant en l'air, avant de la rattraper au vol, avec adresse, en exécutant des pirouettes, comme un illusionniste, un prestidigitateur qui peut aussi bien faire jaillir des pigeons de sa poche, ou des foulards, un

66

faux gangster dans un film comique qui amuse la galerie et fait virevolter prestement, un simple pistolet d'alarme, la réplique fantoche d'une arme véritable. En tous cas, qu'il ne donnait pas l'impression de vouloir s'en servir, à d'autre fin que par un jeu futile de facéties. Yvan Lamberti ne se départait pas de son sourire, comme s'il était témoin d'une mascarade, d'une galéjade, d'une pantomime jouée par un acteur de théâtre. Peut-être était-ce sa peur de l'autre qui lui servait d'alibi, peut-être avait-il pris parti de la transformer en fausse peur, pour ne pas y croire, ou de croire qu'il allait s'en tirer ou renverser la situation à son profit ? Pierre avait beau l'observer, avec méfiance, sans se départir de son sang-froid, il était décidé d'aller jusqu'au bout, coûte que coûte. En vérité l'autre individu ne souriait pas, c'était un faux air qu'il se donnait, ce qui renforçait Pierre dans sa méfiance. Les doigts de sa main à l'intérieur de sa poche ne tremblaient pas.

-Suivez le maître des céans, dit-il, sur un ton qu'il voulait courtois, campé dans une attitude presque sereine, détendue. Vous êtes ici, chez vous !

-Avance, dit Pierre, entre ses dents.

A y regarder de plus près, peut-être étaient-ce les rayons de soleil rougeoyant à l'occident déjà qui lui donnaient ce faux air de gaieté cynique, car le temps avait changé, les nuages avaient disparu. Peut-être était-ce de l'inconscience dans sa volonté de ne pas y croire, jouait-elle une part importante, lui servait-elle de garantie ou d'alibi ?

-Avance, répéta Pierre, toujours entre ses dents.

Il n'est pas facile de tirer sur un homme quand on n'est pas du métier. Mais comment ne pas se souvenir des avanies que lui avaient occasionnées les deux frères et leur père, dès l'instant où il avait été victime d'un infarctus, d'une nécrose, avant d'opérer d'urgence un malade, comment son organisme l'avait-il lâché au moment d'agir, quand l'anesthésiste était venu le prévenir :

-Prêt ? avait-il demandé.

C'est alors que Pierre s'était senti mal, terrassé par une douleur, une souffrance incroyable, intolérable. Comment se manifeste un accident cardio-vasculaire ? Vient-il comme cela, à l'improviste ? Pourquoi son organisme lui avait-il fait défaut avant le passage à l'acte, imprévisible ? Comment s'était-il affalé sur le sol au moment de se laver les mains et d'entrer en scène ? Il était l'intervenant principal de son malade. Un chirurgien n'a pas droit à l'erreur. Son état avait nécessité un arrêt de travail de plusieurs mois avant qu'il fût autorisé à exercer de nouveau son métier, malgré les dénégations du vieux Lamberti, qui insistait sur le fait que d'être victime d'un infarctus bénin, n'excluait pas la récidive, après quoi il avait dû changer de clinique. Ensuite, le malheur, la malchance qu'il avait subis, s'étaient acharnés sur lui, à cause d'une patiente atteinte d'un fibrome qui nécessitait l'ablation de ses organes, autrement dit la totale, qui venait de décéder lors de l'anesthésie. Il avait dû effectuer un massage cardiaque à cœur ouvert pour essayer en vain de la ranimer. Il s'était engagé à fond dans cette histoire, en la massant. On l'avait rendu responsable de sa mort.

-Ah, lui avait dit le vieux, avec rancoeur, je ne voudrais pas être à votre place !

-Je ne l'ai pas opérée ? Elle était décédée avant !

Le vieux professeur fit celui qui ne voulait pas comprendre et le chargea davantage, lui faisant réaliser l'échéance d'une situation catastrophique :

-Que va dire l'opinion ? Que vous êtes un assassin ? Ah, mon cher, je ne voudrais décidément pas être à votre place !

Un précédent avait eu lieu, deux années plus tôt, avec le jeune chirurgien qu'il avait remplacé. On lui avait tant mené la vie dure, qu'il avait dû prendre le parti de se suicider, en tuant sa femme et ses deux enfants, à coup de fusil, avant de retourner l'arme contre lui, excédé, parce qu'un professionnel du poker, dont on avait payé les gages, avait réussi à le prendre en flagrant délit de tricherie au cercle où il avait pris l'habitude de passer ses soirées, socialement déshonoré en présence de ces messieurs qui faisaient la réputation d'une ville portuaire aussi vaste et corrompue que Marseille. Les médias s'en emparèrent, au point de le charger et de l'exécuter, avant l'heure. Il avait fait la « Une » des journaux locaux, victime d'une cabale qui avait sévi sans complaisance, affluant de tous les hôpitaux, de toutes les cliniques privées voisines. Il venait de se faire griller. A peine sortait-il dans la rue qu'il était montré du doigt. L'air et le décor de Marseille étaient devenus pour lui irrespirable, insupportable. Il haïssait le vieux Lamberti et ses deux fils, chirurgiens minables, au plus haut point. Il n'était pas su se retirer du guêpier, à temps. Un soir, il avait commis l'irréparable, à cause d'eux, le clan des Lamberti et de beaucoup d'autres ! Il s'était tué, lui, sa femme et ses deux gosses, à coup de fusil de chasse, sans point de repère, l'horizon bouché. Il n'avait pu supporter l'injure, la salissure faite à son honneur. Qui se souvenait de ce chirurgien trop doué, aujourd'hui, sinon Pierre, qui ne l'avait jamais connu ?

-Entrez, dit-il, à Pierre, vous êtes le bienvenu...

Ce dernier eut le temps de s'apercevoir, depuis sa dernière visite à la villa, que des changements avaient été effectués, notamment du côté des écuries, sur la gauche, que ces vastes hangars avaient changé de statut, qu'ils avaient étaient transformées en une sorte de mas provençal.

-Si je m'attendais à vous revoir ! ajouta-t-il.

Pierre ne répondit pas, et le poussa du canon du revolver qu'il avait sorti de nouveau de sa poche. Ils progressaient l'un derrière l'autre, avant de déboucher dans une pièce assez vaste qui avait l'air de servir de salon de réception.

-Asseyez-vous, dit l'homme assez râblé de corpulence, en se retournant, en désignant l'un des fauteuils. Vous désirez boire quelque chose ? Mais de grâce, arrêtez ce jeu futile ! insinua-t-il, en désignant sa main, du regard, qu'il avait remise, toujours armée de l'automatique, dans sa poche. Au bout d'un instant, son interlocuteur ajouta :

-Je suis venu pour vous tuer !

-Je ne crains pas la mort, vous savez !

-On l'a craint tous. Où est passé donc votre père ? demanda Pierre.

-Il est monté à Paris, dans sa villa de Neuilly. Comme vous pouvez vous en apercevoir, il nous a laissé les rênes du pouvoir de la clinique, à Serge et à moi ! C'est nous qui gérons désormais, sans compromis. Avec son droit de regard, bien sûr.

-Eh, ben !

« C'est donc cela ! songea Pierre. Papa a pris sa retraite ! » Il avait eu beau tenir sa planque à proximité de l'établissement, afin de voir le vieux sortir à l'arrière de sa Mercedes, conduite par son chauffeur aux gants blancs, il avait attendu en vain. Il avait eu beau tenir sa faction aussi longtemps qu'il l'avait pu, depuis son arrivée à Marseille, le professeur était invisible, introuvable, aussi bien au sortir de chez lui, que devant la clinique. Il n'était jamais apparu. Il avait l'intention de le descendre, au passage, avec son véhicule d'emprunt, sur une route ou dans une rue où il pourrait prendre de la vitesse et tirer aussi sur son chauffeur, à bout portant, le bras tendu, de l'intérieur de la voiture de location, la vitre baissée, quand celui-ci regagnerait sa villa qui dominait la mer, à proximité de l'avenue du Prado. Mais autant qu'il avait pu renouveler son attente vaine, il n'avait jamais rencontré le vieux professeur. Cette idée le traversa alors, qu'il pouvait se trouver ailleurs.

-C'est donc ça ! dit-il, entre ses dents.

Yvan eut une sorte de haut le cœur, comme s'il paraissait très surpris. L'aîné des frères Lamberti se dirigea vers le bar.

-Tu boiras bien quelque chose ? déclara-t-il, en se tournant. Tu sais, il ne faut pas nous en vouloir, mais tu ne pouvais plus opérer, sans risques. Comme as-dû te dire mon père, ce n'est pas déchoir que de faire de la médecine. Tu sais pourquoi. Une nécrose, ça laisse toujours des séquelles. Encore heureux que tu t'en sois tiré ainsi...

-Ben, voyons !

Il se tourna de nouveau vers le bar et parut vouloir choisir une bouteille et deux verres.

-Whisky, cognac ? demanda-t-il, sans se retourner.

Pierre ne répondit pas, puis déclara :

-Ne joue pas le mariole. Je t'ai à l'œil !

Mais à peine venait-il de lui dire cela, que l'autre, toujours tourné de dos, parut exprimer un doute, une incertitude à se demander laquelle des bouteilles il devait choisir dans le bar, avec les deux verres, quand il se ravisa soudain. Pierre eut juste le temps de le voir pousser une porte fenêtre, devant lui. L'aîné des fils Lamberti essaya de s'enfuir par cette porte de sortie qui donnait sur un balcon. Il fut rattrapé au bord de la terrasse envahie de noisetiers et d'oliviers. Pierre l'ajusta en plein vol, car l'homme qui courait, était prêt à sauter par-dessus le balcon, à se ressaisir à temps, à l'issue d'un vol plané pour se récupérer en roulé-boulé sur le sol de l'autre côté du muret. Pierre avait déjà sorti son Beretta et l'atteignit dans son élan, d'une balle qui l'arrêta net. Une secousse le fit chanceler, et il trébucha et s'abattit, le haut du buste et le visage heurtant le rebord du balcon. Puis il commença à glisser lentement, son visage se frottant au mur, le poids du corps ayant le dessus dans son équilibre précaire, penché à demi sur le mur du balcon de pierre. Le corps gisait maintenant sur le sol, la face visible, de côté. Pierre le retourna à demi, avec son pied.

L'homme paraissait mort, les yeux grands ouverts, vides d'expression.

« Et de deux ! » songea-t-il, sans être satisfait.

Il repartit aussitôt, sans s'attarder, en sens inverse du passage par lequel il avait pénétré dans le mas. Personne ne l'avait vu, semblait-il, pas même le greffé transsexuel qui s'était pris de passion pour l'aîné des Lamberti et vivait avec lui, comme s'il pouvait être sa femme, depuis qu'il avait subi la mutilation de son pénis, en vagin artificiel. Pierre repartit dans la garrigue, vers la route nationale. Il avait garé la voiture, une Alfa Roméo qu'il avait échangée contre celle du jour précédent. Au bout de cinq minutes, à pieds, il regagna son véhicule et démarra sur la Nationale en direction de Marseille. Il ne prit pas la précaution de changer d'hôtel, car il repartit le soir-même Il savait où le vieux Lamberti pouvait résider à Neuilly.

Pierre abandonna la voiture à proximité de la gare Saint-Charles. Il ramassa son léger bagage et se dirigea vers le hall de départ, puis il prit un billet de train pour Paris et attendit le départ, comme un vulgaire consommateur anonyme et sans histoire, qui buvait sa bière, au bar, en attendant. Avait-il vraiment l'air d'un tueur ? Une question qu'il avait tendance à se demander, en observant le regard des gens. Il s'était arrangé pour abandonner le fusil quelque part, dans un endroit isolé, protégé de sa housse. Le regard des gens : qu'est-ce qu'il en avait à faire, en vérité ? Mais il est important de se voir jaugé, au passage, sans attirer l'attention. Il avait l'air d'un homme normal qui venait d'acheter un magazine, au kiosque de la gare, et des cigarettes. Il fumait, en buvant sa bière, à petites gorgées. Le Beretta était toujours dans sa poche. Des policiers du service de sécurité passaient avec des chiens sans muselières, des bergers allemands. Quelques sans abris traînaient par-ci, par-là, assis à même le sol, et les chargés de sécurité s'efforçaient de le déloger en leur demandant de les suivre. Il suivit ce manège, et prit un air indifférent, le regard faussement absorbé par la lecture de son journal, quand il put lire à la rubrique des faits divers, un entrefilet qui l'intrigua : « Un vieil homme agressé dans le métro, à Paris. L'homme est mort, d'un coup de couteau dans le bas du dos. Il s'agit de notre regretté professeur Alain Lamberti, chirurgien représentant de l'Ordre de médecine-chirurgicale de la région de Marseille, directeur et propriétaire de la clinique Saint-Clément, monté à la capitale pour rejoindre sa villa de Neuilly. L'assassin, selon les suspects ou témoins interrogés, aurait pris la fuite à la station Concorde. Pour ceux qui paraîtraient l'avoir identifié, il s'agirait aussi bien d'un homme que d'une femme. L'enquête reste ouverte par la brigade spéciale de la PJ, jusqu'à ce qu'elle soit élucidée. Un témoin potentiel a été interrogé. »

Il referma le journal et commanda au garçon une autre bière, avec un sandwich. Celui-ci les lui apporta. Il posa son journal sur le rebord de la table et commença à manger. Il songea qu'il aurait mieux fait de se rendre dans un snack, mais qu'il aimait mieux l'ambiance de la gare, après ce qui s'était passé. Il paya. Le garçon lui rendit la monnaie. Son TGV partait dans une heure. Il avait le temps. Il décida de se lever et fit quelques pas pour se rendre dans une cabine publique. Il composa le numéro de téléphone de son appartement, rue de Poitiers. Il insista plusieurs fois. Personne ne répondit. Laura n'était-elle pas là, ou au bureau de l'agence, avec Marina ? Avait-elle décidée de rentrer, au Québec, perturbée par le mal du pays ? Il saurait cela, dans quelques heures. En attendant, il fit les cents pas devant les quais de départ, composta son billet, puis revint s'asseoir dans le bar. Cette fois, il commanda un café, puis un autre, avec de nouveau, un sandwich au jambon. L'heure de départ approchait. Rien ne se passait, en apparence, pas pour lui. Les minutes peu à peu se rapprochèrent du moment de départ. Il regarda l'heure à sa montre : il était dix heures vingt-cinq. Il se dirigea vers le hall de départ en partance du TGV, et prit sa place réservé, en première. Il continua un instant à parcourir son journal, puis le posa sur sa tablette et ferma les yeux. Dès qu'il entendit la voix féminine qui assumait le rôle de speakeur et annonçait le prochain départ, en direction de Paris, dès qu'il sentit que le train à grande vitesse démarrait, il rouvrit un instant les yeux. La gare était illuminée. Puis ce fut la nuit. Il put voir son visage dans le reflet de la vitre. Il était seul dans son compartiment éclairé. Il avait l'air normal. Il ressemblait à quelqu'un de calme, de posé, malgré le Beretta qu'il détenait toujours dans sa poche.

♦♦♦

Quand il rentra de Marseille, par le train de nuit, il ne faisait pas encore jour. L'aube pointait sur les toits de Paris. En pénétrant chez lui, Pierre eut la surprise de trouver Marina et Laura dans le même lit. Il eut d'abord de la stupeur à les voir couchées nues, côte à côte.

-Hé, bien ! s'exclama-t-il.

Marina releva instantanément le drap sur elle, jusqu'au visage. On ne pouvait voir que ses yeux. Laura eut moins de tact, de pudeur, s'assit sur le lit, et se montra telle qu'elle était, la poitrine nue, les seins libres dont il avait aimé tant la forme dans sa chambre, à Montréal, de même quand ils avaient eus un bref contact, à Paris. Le souvenir d'elle l'avait accompagné par inter-mittences, durant son voyage en solo vers le sud. Elle parut le défier incompréhensiblement un instant du regard :

-Je te l'avais bien dit ! lança-t-elle.

-Si je m'attendais à ça !

Il avait réfléchi durant le trajet. A quel point il s'en moquait. Ce qui l'intriguait, c'était que quelqu'un eut tué le vieux professeur à sa place. Sa protégée ? Une nièce, comme on dit, révoltée par son avarice ? Sur les ordres de quel amant de cœur avait-elle agi ?

Il prit une décision rapide :

-Je vous laisse, mes chéries ! Je vais m'installer dans la chambre à côté. Heureusement qu'il y a de la place, dans cet « apart ».

Il sortit de la pièce, referma doucement la porte, et se colla de dos, à demi, sur le chambranle et le mur, aux écoutes, tandis qu'il sentait son cœur battre plus fort, un peu précipité. « C'est l'émotion , songea-t-il, de rentrer chez soi ! » Puis il pensa aux deux belles : « Eh bien, tant mieux, si elles aiment ça ! »

Il avait encore le Beretta dans la poche revolver de sa veste, avec lequel il avait éliminé les frères Lamberti, les deux frères chirurgiens, à la clinique Saint-Clément.

Le vieux Lamberti avait été tué d'un coup de couteau dans un wagon du métro, à Paris même, c'était déjà mieux en exécutant le travail à sa place, ce qu'il avait appris en parcourant son journal, à Marseille. Il était vrai qu'il possédait un hôtel particulier, à Neuilly, mais de là, à se faire descendre, à rendre l'âme dans le sous-sol du réseau métropolitain ! « Il s'agirait d'une femme, déclaraient les journaux, brune. Les services de police enquêtent.

L'assassinat s'est produit dans un compartiment de la ligne deux, station Concorde. La tueuse a fui du côté du jardin des Tuileries, selon les dires d'un informateur, avant de se perdre dans la ville. » Quel était le motif qui avait poussée une inconnue à frapper le professeur Lamberti, représentant de l'Ordre des chirurgiens spécialisés en chirurgie plastique et générale, le PDG de sa clinique Saint-Clément ? Cela pouvait-être aussi bien un homme déguisé en femme ? Etait-ce une jeunesse que ce vieux monsieur fréquentait et recevait périodiquement dans sa garçonnière, lors de ses passages à Paris, qu'il entretenait dans un appartement loué ou acheté pour elle, mécontente de l'avarice du vieux, et qui avait sans doute un amant de coeur ? Pourtant, il était marié, lui. Sa veuve devait le pleurer autant que ses deux fils. « Pardon, rectifia-t-il, il n'a plus de fils. » Cela devait se savoir à Marseille. « Donc, il ne reste que sa veuve. » Il ne poussa pas plus loin ses suppositions.

Le dos appuyé au chambranle de la porte, Pierre écoutait aussi bien la rumeur à peine nocturne de Paris dont il sentait les prémices de l'éveil, autant que ce qui avait l'air de se passer dans la chambre à côté, à supposer que les deux femmes eussent décidé de se rendormir. Puis il se décida de nouveau à pénétrer dans la chambre, la leur. A supposer qu'il venait les éveiller de nouveau. Il entrebâilla la porte.

-Je ne voudrais pas vous déranger, dit-il, doucement. Vous avez probablement besoin de dormir encore.

-Entre, Pierre, dit Marina, tu ne nous gênes pas. Tu sais, il ne faut pas nous en vouloir. Laura et moi, on s'est plu tout de suite. Et nous avons entre nous, un secret.

-Lequel ?

-On ne peut pas dire ! Laura s'est confiée à moi, mais sa reste top-secret.

Elle parut réfléchir un instant, puis dit :

-Viens nous rejoindre dans le lit. Il est assez grand pour trois. Tu ne vas pas rester seul, sans femme, tu rentres de voyage. Tu aimes leur odeur, paraît-il, davantage encore…

-En effet, quelle surprise ! J'ai plutôt envie de dormir, près de vous.

-Viens nous rejoindre !

Laura n'avait rien dit jusqu'ici.

-On t'attend, dit-elle. Tu verras comme on saura te délasser… Quelle chance tu as, deux belles qui ne demandent que ça, un homme avec deux femmes ! Tu te sentira requinquillé. Ensuite, tu dormiras mieux.

-Vous allez m'épuiser.

Il quitta sa veste, ses chaussures, son pantalon, sa chemise, sa cravate, puis se retrouva en slip, face au lit et devant les deux jeunes femmes, sous le drap. Elles gloussaient de plaisir, pour mieux aviver son désir.

-Enlève le reste ! dit Laura.

Il s'exécuta, ôta son slip, en levant un genou l'un après l'autre, par l'entrejambe et se trouva à poil. Il sentit son sexe à point. Il ne dépendait que d'elles de… Il fit les deux ou trois pas nécessaires et leva le drap du lit. Laura lui donna de la place. Elle le tâta au bon endroit.

-Tu as l'air en forme, dit-elle. Tu verras, ce n'est pas si terrible que ça, de nous sauter l'une après l'autre.

Il se tourna plus précisément vers Laura :

-J'aimerais le milieu du lit, entre vous deux, déclara-t-il.

Elles se mirent à le caresser doucement sur la poitrine qu'il avait broussailleuse, puis Marina descendit plus bas. Il sentit ses lèvres autour de son bassin, glisser sur son sexe, puis d'une main, elle libéra le prépuce et commença à le caresser. Pendant ce temps, Laura était sur lui, et les mains sur ses fesses, il la pressait contre lui, tandis qu'il sentait le volume de ses seins appuyé contre sa poitrine. Elle approcha son visage du sien, ses lèvres touchèrent les siennes et ils eurent un long baiser. Pendant ce temps, Marina s'activait. Le contact de ses lèvres sur son gland était si doux qu'il n'en pouvait plus soudain, prêt à éjaculer dans sa bouche et dans sa gorge. Mais Marina s'arrêta, et Laura se mit sur le dos, les cuisses écartées. Son sexe à elle l'attendait. Alors il fit ce qu'il fallait faire. Ils commencèrent à œuvrer de concert, et après quelques coups de reins, il l'engorgea de sa sève. Une fois qu'il eut tout lâché et se fut séparé du sexe de Laura, Marina prit son membre encore chaud dans la bouche comme si elle était capable de le ranimer et qu'il pût avoir deux orgasmes successifs, sans débander. Cela lui était arrivé quand il était plus jeune. Elle fit tant et si bien qu'il se sentit une nouvelle vigueur. Alors, il introduisit Marina, cependant que Laura était sur eux, les seins durs, pressés contre son dos.

-Cela t'a plu ? demandèrent-elles, en chœur.

-On recommencera, dit Marina, c'est trop bon. Tu peux aller dormir désormais.

Il enjamba le corps de Laura, quitta le lit, ramassa ses affaires qui traînaient un peu partout, n'oublia pas son slip, ni ses socquettes, ses chaussures, et avant de quitter la pièce, leur dit :

-A demain, mes chéries ! Cela a été si bon pour le repos du guerrier !

Mais déjà Laura et Marina, la brune, et l'autre, châtain clair, étaient collées l'une à l'autre, sans aucun doute, ne semblaient pas prêtes à s'endormir. Il regagna l'autre chambre contiguë, posa sa veste et son pantalon sur un portemanteau, sur un fauteuil, pour le reste, ainsi que les chaussures sur le sol de la pièce. Il alluma une cigarette.

Il resta ainsi un instant à fumer, étendu sur le lit, un cendrier posé près de lui, sur la table de chevet, à côté. Il repensa à toute cette histoire, comment il avait exécuté les deux frères Lamberti, sans avoir eu la possibilité de descendre le vieux. Qui était-ce ? Si c'était une femme, il aurait voulu la connaître. Puis il écrasa le mégot de sa cigarette dans le cendrier, éteignit la lampe. Il eut une pensée pour Laura et Marina, les deux belles, à côté, puis ferma les yeux. Au bout d'un moment, presque sans s'en apercevoir, il s'endormit. C'était déjà le début du soir quand il s'éveilla. Il lui restait le souvenir de son escapade à Marseille, la tension qu'il avait éprouvé durant ses trois jours. Il ne pouvait encore nier certaines séquences, en offusquer le souvenir, ni les contours. La ville phocéenne avait son charisme naturel.. Renouer avec une ville du passé n'était pas toujours aisé, surtout si on y avait déjà vécu, aimé et souffert. Sa femme Olga, dès l'éclatement du scandale l'avait quitté. A croire qu'ils ne s'aimaient plus ou faisaient semblant de s'aimer, qu'elle tendait vers un autre à son insu, qu'elle restait avec lui, unie par les liens du mariage et pour le standing, par sécurité matérielle. Elle demanda le divorce qu'il accepta. Décidément, tout le monde le lâchait ! Dans la déroute de sa vie, il n'avait plus d'amis, plus de repères affectifs. Il convenait de tenir bon la barre. Il vendit son appartement, comme il avait vendu celui de Houmt-Souk, en Tunisie, et acheta à Paris. On ne vit pas longtemps seul, sans relations. Sans revoir jamais Olga, après dix ans de vie commune, il eut la révélation qu'il était temps de changer de données et de partir sur de nouvelles bases. Interdit d'exercer en France, il s'envola pour le Canada. Il pouvait continuer à opérer là-bas, mais qui l'emploierait ? Certes, il avait le droit d'exercer en qualité de médecin. Il changea d'avis et décida de prendre des vacances. Il se mit à écrire pour raconter sa vie, pour exorciser les problèmes en suspens qui le tourmentaient. On ne sort pas facilement d'une maladie aux symptômes flagrants qui avaient laissé des traces. Il fallait qu'il les expurgeât par les moyens de l'écriture, de son cortex cérébral. Où que l'on aille, on amène toujours sa valise, avec soi. La tension de son escapade marseillaise demeurait, malgré sa séance délicieusement décapante en compagnie de Laura et Marina. Il avait senti que celles-ci lui était d'un grand secours, sur le plan physique et psychique. Rien de mieux que de faire l'amour pour prendre du recul, voire de la distance à l'égard d'une situation provoquée et stimulée par une tension exceptionnelle, dont il était l'auteur. Il lui restait quelque chose de cette tension, elle revenait l'assaillir. Les moments où il avait tiré sur les deux frères Lamberti. Il ne pourrait jamais abolir ces séquences de sa mémoire. La déflagration des armes, leur détonation, la fréquence des à-coups. Son obstination à tirer juste sur une cible humaine à laquelle il ôtait la vie. Elles étaient là, en conscience, engrangées au vécu. Il fallait faire avec, désormais, s'en accommoder : il était un tueur, sans aucun doute Il se retrouva seul dans l'appartement. Laura n'allait pas tarder de rentrer. Il alla à la cuisine et examina le frigo. Celui-ci était plein à craquer. Il décida d'abord de prendre un café, se le servit, alluma une cigarette. Il était bien chez lui. Le soir commençait à se dessiner, à tomber légèrement sur la ville. Il consulta sa montre : il était sept heures. Il revint dans le salon, ouvrit la porte fenêtre : les oiseaux chantaient devant le balcon. Il apprécia cet air de Paris, si différent de Marseille. Il fuma une autre cigarette, en tenant son cendrier d'une main. Non, il ne regrettait rien. Il avait fait ce qu'il projeté de réaliser par vengeance, c'était son dû. Il réalisa que tout homme avait le droit de se venger, même s'il ne serait jamais un justicier. Il ne pouvait pas croire que lui vivant, d'autres qui voulaient ou avaient voulu sa mort puisse vivre. C'était sa loi, donnant donnant, afin de se sentir libre et juste comme une balance sensible.

Quand Laura rentra vers les huit heures du soir, il l'accueillit avec le sourire et l'embrassa. Elle paraissait lasse, quoique assez gaie.

Après s'être mise à l'aise :

-Je vais préparer le dîner, dit-elle. Marina m'a raccompagné dans sa voiture.

-Dîner ? répliqua-t-il en souriant. Non, le souper, comme à Montréal. J'ai grand faim. De toi aussi.

Il appuya le torse contre son dos et ses épaules et l'embrassa dans le cou, les mains sur ses seins. Elle se dégagea.

-Il faut d'abord manger, dit-elle. Laisse-moi faire.

Ils avaient quelque chose en commun et ne savaient encore quoi, au-delà de leur présence réciproque, quelque chose qui les dépassait en plus de ce qu'ils pouvaient éprouver l'un pour l'autre.

-Tu ne regrettes pas d'être à Paris ? lui demanda-t-il, en la voyant faire, du seuil de la cuisine.

Elle tourna son regard vers lui :

-Pas du tout !

Il sentit qu'elle avait quelque chose à lui confier, qu'il demeurait un doute en elle, comme une hésitation dans son attitude, qu'un problème embarrassait sa conscience. Qu'elle ne lui disait pas tout, qu'elle avait des choses à lui dire. Mais quoi ? Une intuition. Il ne lui en parla pas pour l'instant et la regarda faire.

Quand le dîner fut prêt, ils prirent place à la table de la cuisine.

-Cela s'est bien passé, à Marseille ? demanda-t-elle, tout en lui servant sa part de steak, avec des frites.

-Ca peut aller… Et toi, durant mon absence ?

-Il fait si beau, dit-elle, dehors… J'en profite. Marina est très gentille.

-Je vois ! C'est si normal, l'été est presque sur sa fin… Les parigots ne vont pas tarder à rentrer.

-D'où tu es, toi ?

-Du sud, du Midi… De Toulouse.

-C'est bien, le sud ?

-Comme-ci, comme ça ! Cela dépend, comment on le prend.

Laura ne pouvait pas lui confier ce qui lui était arrivé durant ses jours d'absence, comment elle s'était sentie manipulée dans le wagon du métro par une force qu'elle ne maîtrisait pas, dont elle méconnaissait les origines, un soir, sous influence… L'instinct morbide qui l'avait poussé à frapper un inconnu, silencieusement. Elle avait eu la révélation d'une part d'elle, enfouie sous des couches successives, inconnues d'elle jusqu'alors, son appartenance ou son lien à une autre dimension. Qui la captait ainsi, au point qu'elle s'était vue agir, sans que sa volonté entrât pour rien, sans qu'il lui fût possible de juger ? Certes, elle avait acheté le cran d'arrêt, chez un armurier. Pourquoi ? Pour se préserver, pour identifier sa haine à tous les hommes qui s'étaient servis d'elle jusqu'ici, pour obtenir du plaisir, pour lesquels elle était ravalée au rang de la chose. N'était-ce pas ça, ce qu'elle était devenue, une auge, un vide-couilles pour le plaisir de ces messieurs, parce qu'elle avait accès de sex-appeal pour condenser en eux l'adrénaline du désir, rien qu'à sa vue, à son toucher ? Elle ne savait pas comment s'y prendre pour confier à Pierre quoi que ce fût. Peut-être dans la nuit, quand ils seraient étendus côte a côte, dans le lit, qu'ils auraient fait l'amour ? On avoue parfois des choses que l'on ne pas dire quand les chairs sont repues…

Elle avait eu brusquement conscience, dans son ressenti, qu'elle perdait sa personnalité, que son identité soudain lui échappait. Elle n'arrivait pas à contrôler ce qui se passait en elle : ce besoin compensé par une frustration, la perte soudaine d'une appropriation par un geste qu'elle avait commis, un geste irréparable qui était la résultante d'un acte convulsif irrépressible. Elle sentit peut-être aussi, à son contact, qu'elle aurait le choix de se récupérer de nouveau. Elle avait frappé sans trop savoir, le doigt appuyé instantanément sur le déclic qui avait fait jaillir la lame projetée dans le corps de l'inconnu, sans trop savoir encore pourquoi son instinct de frapper lui ordonnait d'agir ainsi. Un instinct qui la dominait, comme si elle était le jouet d'un monstre qui la faisait agir à sa place, soumise à la manifestation d'un double dont elle subissait l'injonction. Elle éprouva une vive sensation de jouissance dès qu'elle sentît la lame trouer les vêtements et s'enfoncer dans le bas du dos de l'homme. Défiguré par un rictus, celui-ci avait gémi à peine, il n'avait pas eu la force de crier. Il s'était seulement retenu à la bretelle d'appui, le bras levé, il avait resserré sa prise avec vigueur, en serrant fortement les mains du collier, à la mesure de la douleur ressentie. Il était mort figé. La rame s'arrêtait. Echapperait-elle désormais à son destin de tueuse ? Elle n'avait pas eu le temps de se le demander. Les portes coulissantes s'ouvraient. Elle s'était faufilée, elle s'était insinuée parmi la masse des corps des occupants, avec prestesse, sans jeter un regard en arrière. Elle se revit, se hâtant sur le quai, en marchant vite le long d'un couloir qui menait à la sortie, la lame du poignard ensanglantée rentrée dans le manche, sans savoir encore qu'elle était maculée du sang de sa victime. Le problème était toujours de savoir pourquoi elle avait agi ainsi. Elle observa Pierre et s'efforça de lui sourire. Aurait-il suffisamment de compréhension pour lui donner la vraie raison de son acte, si elle lui en parlait ? Le flash qu'elle venait de voir, en se confiant à lui par des mots qu'elle pouvait dire, ne lui était peut-être pas passé inaperçu ? Elle lui avait paru absente, durant quelques secondes… Il avait capté son regard.

-Enfin, tu me retrouves ? A quoi pensais-tu ? Qu'est-ce qui t'est passé par la tête, qu'as-tu vue ? Je suis toujours là, tu sais. Tu étais déconnectée, un instant plus tôt. Tu n'étais plus dans la pièce. Tu n'étais plus là, devant moi, à poursuivre ton repas. Que s'est-il passé, Laura ? Rien n'échappe à Pierre, affirma-t-il, en s'efforçant de lui sourire. Moi aussi, depuis mon retour de Marseille, je ne pourrais pas te confier certaines choses. Top secret ! Quoique qu'on ne sait jamais s'il vaut mieux se taire ou parler.

-Plus tard, dit-elle. Il m'est arrivé quelque chose d'à peine croyable. Marina peut-être t'en avisera mieux que moi. Au fond, ajouta-t-elle, après coup, je ne sais pas encore s'il ne vaudrait pas mieux que tu n'en saches rien ?

Il songea à la nuit qu'ils allaient passer dans le même lit, la tête posée sur le même traversin, que le plaisir ou le désir n'avaient pas besoin de mots pour s'exprimer.

Elle déposa dans son assiette un gâteau aux raisins qu'elle avait confectionné elle-même.

-C'est bon, dit-il, en le goûtant.

♦♦♦

Ils étaient étendus côte à côte, dans le lit. Ils avaient déjà fait l'amour. Mais depuis que Pierre la sentait vibrante d'une inquiétude qu'il ne lui connaissait pas, dans l'attente d'une confidence d'elle qui ne venait pas, autant qu'il avait peut-être d'autres questions à lui poser, des révélations à lui faire aussi, il percevait qu'un non-dit les séparait et les unissait à la fois, comme s'il était en son pouvoir de se rendre compte qu'elle avait besoin de son aide, qu'elle n'y parviendrait pas toute seule. Il réfréna soudain son intention de se tourner, de la toucher, de la prendre aux épaules, de fermer ses mains sur ses seins à lui faire mal, pour l'entendre gémir et lui demander : « Qu'est-ce qui se passe, tu vas

80

me le dire, à la fin ? » Il réfréna son impulsion. Lui aussi avait des questions à se poser, autant qu'un problème à résoudre. « Nous n'y parviendrons pas comme cela », songea-t-il. Il fut tenté de se lever, de quitter le lit pour se rendre dans l'autre chambre. Cela ne résoudrait rien, du fait qu'il la sentait distante, différente, qu'il n'aurait pu imaginer ainsi cette situation. Ressemblait-elle à la jeune femme qu'il avait interpelée au passage, sur le bord du parking, à Montréal, celle à qui il avait proposé de le suivre, celle qui n'était encore qu'une inconnue pour lui ? Resterait-elle toujours indéterminée ? Fallait-il se contenter de son image floue, de la concevoir ainsi avec une face cachée, aussi bien depuis son retour de Marseille, qu'à cause de Marina, des liens qui devaient les unir l'une à l'autre ? Devait-il concevoir que Marina était devenue son double désormais ? Du moins, une confidente plus proche encore ? Il lui demandait rien, il réalisa qu'il ne voulait pas savoir.

Elle restait silencieuse, dans le lit, tantôt en proie à une sorte d'épouvante, tantôt désactivée, relâchée... Quel cauchemar ou rêve éveillé, la tourmentait ? Autre chose semblait la préoccuper. Personne ne connaissait l'existence de son couteau à cran d'arrêt, même pas Pierre. Marina ?

-Prends-moi, de nouveau, dit-elle. J'en ai besoin.

En un instant, il fut sur elle et la couvrit de son corps, la combla de sa virilité. Elle répondit à ses assauts. Mais une fois séparée l'un de l'autre, voilà que ses tourments la reprenaient. Devrait-elle tuer à nouveau, devenir la meurtrière de cet homme qui dormait à côté d'elle ? Le couteau était toujours dans son sac. Il suffisait de se lever, d'aller le chercher et de frapper.

-Parle-moi de ton cran d'arrêt, dit-il, soudain, en ouvrant les yeux. J'ai tout compris.

-Comment sais-tu cela, toi ?

-Mystère !

-Parce que Marina t'en a parlé ?

-Non. Mais je l'ai lu sur toi, par télépathie. Je l'ai découvert dans ton sac à main.

Elle et Marina avaient fait allusion au fait qu'elles étaient toutes les deux détentrices d'un secret. Elle ne pouvait plus désormais lui parler, le mettre sur la voie, par une allusion quelconque ? Il savait, il avait compris, de suite. Elle était-là, couchée près de lui. Il savait qu'elle ne dormait pas. C'était pourtant elle qui s'était servi de l'arme pour poignarder l'inconnu, sans que personne, le pensait-elle, ne s'en fût aperçu. A ce moment-là, dans le train comble, la victime aurait pu hurler, crier, s'affaisser au milieu des autres, sans avoir eu l'ultime réflexe de s'accrocher à l'appui-main sur lequel ses doigts se crispaient. Si elle s'était laissée tomber sur le sol, d'autres l'auraient vue. Laura se serait trouvée démasquée, prête à être lynchée. Elle ne pouvait pas avouer à Pierre, d'emblée :

-C'est moi qui est tué le professeur Lamberti. Fais-moi l'amour encore, j'en ai besoin !

-Je le sais déjà, dit-il. Ce à quoi tu penses !

Etait-il vraiment mort, cet homme, l'autre ? C'est ce qu'avaient dit les journaux. Parce qu'elle elle avait réussi à fuir, parce qu'elle n'avait pas été reconnue, à supposer que l'on n'aurait pas réussi à la rattraper, s'il y avait eu des gens qui avaient vu, car il y aurait eu des témoignages, son portrait-robot aurait déjà paru dans tous les commissariats de police, dans les médias. Elle n'avait pas lu le moindre journal depuis le soir fatal, un mardi, ni celui de mercredi soir. Le portrait-robot ou bien un court compte rendu de l'agression, à la page « Faits divers » avaient prié les éventuels témoins de prendre contact avec la police, avec son signalement : jeune femme dans les vingt-cinq ans, de taille moyenne, les cheveux bruns mi longs, les yeux clairs, vêtue d'une veste en daim et d'un blue-jean délavé, portant un sac de toile beige... Ces imbéciles n'avaient pas été capables de voir, quoique ce fût... Qu'auraient-ils vu, au juste ? Pourquoi l'avaient-ils laissée partir, s'ils avaient le moindre doute sur sa personne ? Si on l'avait retenue, elle se serait débattue, elle leur aurait craché aux visages, donné des coups de pieds, des coups de poings, elle se serait resservi du couteau, en le sortant de son sac, elle aurait frappé au hasard, des têtes, des bras, elle aurait coupés des mains, fait saigner les doigts qui auraient tenté de l'agripper. La police serait arrivée. Mais avant qu'on l'amenât, elle aurait eu le temps de leur dire, en vociférant, qu'elle regrettait de ne pas en avoir frappé davantage, ne fût-ce que pour voir leur sang couler en rigoles, sur le plancher du wagon. On l'aurait conduite en prison. Elle n'aurait jamais revu Pierre, ni Marina, ni les autres. Pierre, peut-être, Marina, au parloir de la prison de la Santé, ou d'ailleurs. Son acte provenait-il de quelqu'un d'insane, d'irresponsable ? Pourrait-elle dire qu'elle s'était sentie sous influence, obligée de frapper, qu'elle avait choisi sa victime, parce que c'était sur cet homme qui avait le dos tourné qu'elle devait planter le couteau ? Pas sur un autre que lui, pas sur quelqu'un d'autre.

Sa cohabitation avec la meurtrière commençait à peser à Pierre. Il ne pouvait pas lui dire :

-Vas dans la chambre à côté, et dors. J'ai besoin d'être seul.

Lui aussi était un meurtrier.

-Tu comprends ? éprouva-t-elle le besoin de dire, en se tournant vers Pierre, en l'interrogeant : je ne pouvais pas faire autrement !

-De quoi tu parles. Ne crois-tu pas que je n'en sache rien ? Je ne sais rien d'ailleurs et tu n'as rien fait. Tu n'as jamais rien fait, dis-toi bien. Rien !

Pouvait-il comprendre, était-il le seul à pouvoir comprendre ou lui répondre, par transmission de pensée ? Il lui en connait la preuve, mais il fallait se taire. Ce qui s'était passé en elle, ce soir-là, était si magique et bizarre. Un mystère de plus ou de moins, puisque la vie est magie. Marina l'avait aidée, elle avait eu besoin du soutien de Marina pour dissiper ses tourments. Elle lui avait apportée de l'aide, une aide affective qu'elle n'espérait même pas. Depuis que Pierre était revenu, qu'allait-il advenir ? Pouvait-il lui dire aussi : « J'ai tué deux hommes, à Marseille, les deux fils Lamberti ? » C'était inconcevable, il rêvait, il serait peut-être obligé de l'éliminer, parce qu'elle était son témoin. Il n'avait rien à lui dire, à lui confier. Il suffisait qu'elle parlât la première. Mais il n'y avait rien à dire, rien !

Il se tourna, alluma la lampe de chevet, la regarda fixement :

-Rien dit-il ! Dois-je te faire la leçon ? N'as-tu jamais vecu salement pour comprendre ?

Il éteignit, et ils restèrent dans l'obscurité de la chambre Il se rapprocha d'elle et embrassa ses seins, puis revint à sa place dans le lit.

Elle essaya de s'endormir, et se remémora le jour où elle avait la fièvre, elle le rêva... Elle n'avait plus de fièvre depuis que Marina l'avait quittée. Elle s'était habillée, elle avait replacé le couteau dans le sac et quitté l'appartement. Après être monté dans un autobus, elle était descendue une demi-heure plus tard, à la Bastille. Elle avait acheté des journaux du soir, un paquet de cigarettes, des Camel. Au bout d'un long moment, le garçon, au petit nœud, était venu prendre sa commande. Elle avait bu un café double, en lisant les journaux. Vers les sept heures, elle avait payé et avait regagné le métro. Dans un couloir quasi désert qu'elle parcourait, le bruit de ses talons hauts ponctuait le silence du bruit de ses pas. Les autres préféraient traverser la place de la Bastille, à l'air libre. Au guichet automatique, elle avait introduit le coupon de sa carte orange dans la fente, poussé le tourniquet.

Elle avait pris la direction du Pont de Neuilly et gravi les marches qui menaient au quai. Elle avait marché jusqu'à l'emplacement du wagon de tête afin de se trouver devant le couloir de correspondance lorsque le train se trouverait à Concorde. Les autres étaient nombreux à attendre, sur le quai. Quand le train arriva, bourré de voyageurs, Laura se fraya un passage près des portes donnant sur la voie. Les portes se fermèrent en chuintant, le train démarra.

Laura les regardait, ces cons, autour d'elle, les uns pressés contre les autres. Ils n'avaient pas besoin de se tenir. A Saint-Paul, quelques-uns descendirent, à peu près autant, montèrent. La rame repartit encore. Laura les dévisageait, en croisant souvent des regards indifférents. Elle voyait les visages fatigués de parisiens qui rentraient chez eux, les yeux fraîchement fardés de celles qui allaient à un rendez-vous, des peaux luisantes, des bouches fades ou rieuses, des lèvres minces ou charnues, des petits nez, des gros nez, des oreilles décollées, des moustaches, des grains de beauté, des visages à barbes, des peaux qui transpiraient de chaleur dans l'ai étouffant. Il y avait ceux qui avaient des choses à se dire, ceux qui ne pouvaient rien dire, ceux qui étaient assis et lisaient ou attendaient. Aucun ne se ressemblait vraiment. Ils étaient tous différents. Elle ne pouvait rien leur dire, qu'ils avaient cependant un air de ressemblance. Elle ne pouvait parler à personne. Elle tira son couteau de son sac, en fit jaillir la lame, se cura un ongle avec le bout pointu en acier trempé, appuya sur le déclic et remit le manche du couteau replié dans son sac. Personne ne s'était aperçu de rien, ou n'avait voulu rien voir. Dans son rêve, quelque chose venait de se produire, quelque chose qui faisait qu'elle se voyait là, dans le métro, libre, calme, rassurée, presque heureuse.

Elle n'avait aucune hésitation de recul pour frapper. La lame faisait dix centimètres. Avec le manche, le couteau mesurait vingt-cinq centimètres. Fermé, il disparaissait presque entièrement dans sa main. Personne ne faisait attention à elle : le bras serré le long du corps, l'avant-bras replié en angle droit, elle avait déplacé

84

son coude pour prendre de l'élan. Le train atteignait la station Concorde. Elle avait détendu son bras, toute son énergie s'était concentrée dans le coup. Il n'y avait rien eu d'autre que son bras, son coude, son avant-bras, son poignet, sa main, le couteau et la hanche de l'homme. Le couteau fermé avait regagné le sac. Les portes s'étaient ouvertes. Ceux qui sortaient dehors avaient été poussés par la masse des voyageurs. Elle était sortie de la station, en serrant son sac contre elle. Deux jours s'étaient écoulés depuis le retour de Pierre. Elle était libre, dans ce métro, sans menottes, sans être montrée du doigt. Pierre était rentré au petit matin. Il les avait surprises Marina et elle, au lit. Cet homme était à côté d'elle. Il ne dormait pas. De temps à autre, il la caressait doucement. Il lui arrivait de poser sa main sur son ventre, de l'influer de son magnétisme. Vers le milieu de la nuit, il finit par la prendre de nouveau. Elle se laissa faire. Puis ils s'endormirent.

◆◆◆

Le lendemain, vers les dix heures, il y eut un bruit de sonnette, à la porte. Laura crut que c'était Marina, passa son peignoir, se dirigea vers le vestibule, en se préparant à ouvrir :

-Qui est-ce ? demanda-t-elle, au préalable.

Elle perçut une voix d'homme. Elle se retourna vers Pierre qui venait de se réveiller. Elle s'adressa à lui :

-Quelqu'un, dit-elle. Une voix que je ne connais pas.

On sonna de nouveau.

Pierre passa son slip, mit son pantalon, sa chemise, et s'approcha du vestibule, en savates.

-Oui ? demanda-t-il. C'est à quel sujet ?

-Monsieur Pierre Grimal ?

-Oui. Que voulez-vous ?

-J'ai à vous parler.

-C'est à quel sujet ?

-Je ne peux vous le dire derrière une porte.

L'individu parut hésiter, pas très sûr de lui :

-Sinon que de vive voix, ajouta celui qui parlait sur le palier, avec une voix d'un homme jeune encore, passablement vulgaire.

-Repassez dans une heure !

-Entendu, puisque vous ne voulez pas me voir maintenant.

-Comment, qu'est-ce qui a permis de venir jusqu'ici ? Dites, donc !

-La porte d'entrée d'en bas était ouverte. L'employée d'entretien de l'immeuble passait le balaie, dans le hall. J'en ai profité. Ce que j'ai à vous dire est important, quoique assez confidentiel !

-Repassez dans une heure !

L'inconnu ne répondit pas, ou plutôt bredouilla quelque chose d'incompréhensible. Pierre écouta le bruit de ses pas décroître à mesure qu'il s'éloignait dans les escaliers. Il resta suspicieux, un instant, mais n'en laissa rien paraître, considéra Laura, à demi-nue. Il s'approcha et lui baisa le sein.

-Va te préparer, chérie, nous sortons.

♦♦♦

Quand Pierre jeta un bref coup d'oeil vers la porte, il fut intrigué par une enveloppe qui avait été glissée par dessous, au niveau du sol. Il se pencha et la ramassa. Il décacheta la missive, et lut :

*« Cher Monsieur,*

*Sans doute allez-vous trouver ma démarche un peu oiseuse, si je peux me permettre de vous donner un conseil. Vous ferez bien de me contacter au bar, « Le bistro rouge », 25, rue de Jouffroy d'Abbans, dans le dix-septième, métro Wagram ou Malesherbes. Je vous attendrai en terrasse entre vingt et une heures trente et vingt-deux heures, un journal à la main. Suivez ce conseil, il en va de votre intérêt. La police voudrait peut-être être mise au parfum des agissements de votre amie, apprendre que la jeune femme avec laquelle vous vivez, a tué un homme. Il vous reste de décider si vous souhaitez venir en aide à un pauvre érémiste déshérité qui cherche en vain du travail, en manque de ressources, à moins que celui-ci n'en fasse part aux autorités ?*

*Cordialement,*

*Justin. »*

« Un maître-chanteur », pensa Pierre, presque aussitôt, après avoir ramassé et lu la lettre. La sonnerie du téléphone résonna dans la pièce. Il décrocha. Laura était dans la salle de bains…

-J'écoute…

-Monsieur Grimal ?

-Oui.

-Ne venez pas au rendez-vous fixé au « Bistro rouge », on a mieux à vous proposer, mes amis et moi.

-Qui est à l'appareil ?

On raccrocha immédiatement. Quand il vit Laura sortit de la salle de bains, les mains fixées sur la tête pour finir d'éponger ses cheveux, avec sa serviette de bains, celle-ci l'informa qu'elle avait perçu la sonnerie du téléphone, et lui demanda qui avait appelé.

-Sans importance, lui répondit-il. Quelqu'un qui essayait de me fourguer un T-shirt, en réclame, par téléphone, un autre qui souhaitait obtenir mon avis à propos d'un sondage Sofres. Cela commence à devenir agaçant ! J'ai répondu que j'étais très occupé, que je n'avais pas de temps à perdre. J'ai raccroché.

-Je croyais que c'était Marina.

Il resta pensif, un instant.

-Sais-tu que Marina, en plus d'être une responsable de l'agence de publicité, est aussi une violoniste réputée ? Elle ne t'en a pas parlé ?

Il ajouta :

-Je dois la conduire demain à l'aéroport, car elle est invitée et convoquée pour participer à un concert, en tant que violoniste soliste, au Myer Music Bowl, de Melbourne, en Australie. Elle part dans deux jours. Là-bas, c'est le comble de l'hiver. Marina est une violoniste de réputation internationale. C'est sa vraie fonction. Elle travaille à l'agence pour joindre les deux bouts, à défaut d'engagements. Elle partirait là-bas, tous frais payés, vols aller-retour, avec cachet à l'appui. Nous irons demain à l'aéroport de Roissy. Es-tu d'accord de l'accompagner aussi ?

-Quelle question ! C'est ma copine.

Sans attendre sa réponse, Pierre lui tourna le dos, ouvrit la porte-fenêtre qui donnait sur le balcon. La journée qui s'installait sur Paris, s'annonçait chaude, quasi étouffante, comme toujours en été. Il y avait des indices de pollution préoccupants qui envahissaient la capitale, dus aux taux d'émissions d'hydrocarbures des pots d'échappement, des déchets toxiques de consommation courante, emballages, bouteilles usagées, chaleur, lumières, radioactivité, champs électromagnétiques… Au mois d'aout, il semblait que l'on fût parvenu à saturation. Il n'était pas rare de voir, le soir, la chaleur s'atténuer un temps par un orage d'été qui grondait sur la ville, avant de se déverser en déluge.

-Que vas-tu faire ? demanda-t-il à Laura qui l'avait suivi dans la pièce et commençait à s'habiller. Tu es aujourd'hui en RTT.

-Comment tu sais ça ?

-Marina m'en a parlé. Elle m'a dit aussi que tu avais été malade, qu'elle t'avait soigné durant mon absence.

-Par téléphone ?

-Oui. En fait, il y en a eu deux. Mais tu étais dans ton bain, tu n'as perçu que le second.

S'efforçait-il de mentir ? Marina était passée le voir pendant que Laura se trouvait dans le bain. Elle s'était annoncée à l'interphone. Il lui avait ouvert la porte d'entrée, puis l'avait reçue dans le salon.

-Où est Laura ?

-Elle fait sa toilette.

Marina s'excusa gentiment, en donnant la raison pour laquelle il les avait trouvées dans le même lit. Marina était bisexuelle. Laura avait besoin d'affection. Il n'avait jamais eu de rapport physique avec Marina, précédent la nuit passée, mais il savait qu'il pouvait avoir confiance en elle, qu'une sorte d'intimité affective les liait. Marina avait d'autres amants, des hommes, des femmes. Elle était très belle, avec un charme envoûtant, une intelligence rare. D'ailleurs, il lui avait confié un jeu de clefs de son appartement pour l'aérer de temps à autre, durant ses absences.

Laura et lui allèrent se promener quelques temps le long des quais de la Seine. Laura voulut faire des achats au BHV de la rue de Rivoli. Ils étaient rentrés ensuite. Il faisait décidément une chaleur d'enfer, d'autant que le remuement de la foule, les bruits, les véhicules l'accroissaient.

Vers vingt et une heure, après le repas, Pierre décida de sortir seul, en prétextant qu'il avait besoin de prendre l'air, en appuyant sa sortie d'un rendez-vous, afin de se rendre Avenue de Wagram, et de jeter un œil à l'intérieur du « Bistro rouge ». Il prit le métro à Concorde et descendit à Wagram. Deux, trois cents mètres à peine le séparaient de la rue Jouffroy d'Abbans. Parvenu devant le « Bistro rouge », il put se rendre compte, qu'il était proche de la place des Ternes. En entrant, en contournant la miniterrasse, il fut certain que ce bar avait l'habitude d'accueillir des aficionados affectionnant les déclinaisons chromatiques du garance au vermillon. Il y avait des teintes chaudes, partout. Il entra et commanda une bière au garçon, en examinant la salle. Pas de type en vue, avec un journal du soir plié près de lui, à l'endroit indiqué. La décoration de la salle jouait sur le bois brun et la couleur rouge. Le parquet du bar, en bois foncé contrastait avec les rideaux écarlates et les murs aux couleurs chaudes et vives. Une vingtaine de consommateurs étaient assis dans la salle. Il se tenait près du bar. Il semblait attendre, en buvant sa bière à petit gorgées. Aux alentours de vingt-deux, quelqu'un entra, vêtu avec chic. Il le suivit des yeux. Celui-ci alla rejoindre des clients assis autour d'une table, qui l'accueillirent. L'ambiance était assez chaleureuse. A vingt-deux heures quinze, Pierre paya sa consommation et sortit.

Dehors, l'orage prévu depuis ce début de journée d'août, s'amassa en gros nuages sur les toits de Paris et soudain éclata. Il restait deux cent-cinquante mètres, à peine, à parcourir pour gagner la bouche de métro. Il remontait en se hâtant la rue Jouffroy d'Abbans. Il avait senti, avant de sortir, qu'il allait pleuvoir, et portait sur lui un imper léger. Il paraissait avoir tout prévu. Il venait de quitter le bar en rasant le mur en direction de l'avenue de Wagram. Il était au coin de la place de Nicaragua, quand il vit une Citroën BX s'approcher lentement avec deux types sur le capot, malgré la pluie, en plus du conducteur, à l'intérieur. Il eut la vague impression qu'on l'attendait là, qu'il allait être victime d'une agression. Les deux types descendirent du capot du véhicule. Sans la moindre hésitation, il eut la certitude soudaine qu'il aurait à se défendre. Il n'eut pas le temps de leur demander quoi que ce fût. Il n'avait pas pris la précaution de prendre son Beretta. Un oubli.
Les deux hommes s'avancèrent et le bousculèrent de front. Il fut projeté et renversé contre le mur d'une devanture. Il s'adossa au mur.

-Que me voulez-vous, articula-t-il.

En appui contre le mur, il évita le poing de celui qui se trouvait à sa droite, mais fut touché par celui de gauche, qui l'atteignit au ventre. Il encaissa et gémit de douleur. Il se pencha, prit une sorte d'élan et d'un revers de bras, il se détendit, le coude plié, pour l'atteindre de revers. Il avait touché juste pendant que l'autre amorçait un coup de genoux. Il l'évita de justesse et frappa de nouveau avec son coude gauche, cette fois. L'autre trébucha en arrière, heurté et secoué par le tranchant incisif du bras replié. Il parut prendre quelque distance par rapport à eux. Les deux gars commencèrent à se méfier, d'instinct. Puis l'homme de gauche se lança à l'attaque. Il l'atteignit à la face, de profil et il dut subir une série de coups, courbé en deux. L'autre lui donna un coup derrière la nuque. Un couple passait, abrité d'un parapluie. Des voitures remontaient la rue. Le couple se retourna mais ne s'arrêta pas. Une voiture qui passait parut ralentir, un temps, avant d'accélérer. Il tomba sur le sol. Il fut atteint à coups de pieds. Il sentait les coups des talons de chaussures le heurter, ou le devant des semelles. Il ressemblait à un ballon de foot ou à une barrière de bois que l'on essaie de démolir à coups de pieds. C'était une correction. Gisant de face sur le ciment sale et trempé, la pluie et le sang lui coulaient dans le dos de sa gabardine, dans ses cheveux trempés. L'un des agresseurs saisit une poubelle pleine, la renversa sur le sol. Ils se penchèrent, le prirent par les épaules et le retournèrent en lui heurtant le visage contre le tas d'ordures, plusieurs fois. Il ne bougeait plus, ayant du mal à contrôler ses sens. Il reçut un dernier coup de soulier contre la tempe. Il était sonné. Les deux hommes parurent remonter dans la voiture, sans qu'il les vît, et celle-ci démarra. Au bout de quelques minutes, un passant qui se hâtait, le remarqua, se pencha, le retourna. Il avait repris ses sens.

-Attendez ! dit-il.

Un taxi passait. L'inconnu le héla et donna au chauffeur l'ordre de l'emmener aux urgences d'un hôpital ou d'une clinique proche.

-Mais il perd tout son sang ! protesta le chauffeur.

-Tant pis !

L'inconnu lui régla largement la course en sortant de sa poche intérieure, un billet de cinquante euros, plus un de vingt. Malgré son visage marqué, tuméfié, le passant venait de reconnaître Pierre, d'un bref coup d'œil, sans rien en dire. Il venait d'identifier Pierre Grimal, en cet homme blessé, à terre. C'était bien lui, le chirurgien qui avait tenté de ramener à la vie sa femme, Judith, victime d'un arrêt cardiaque à l'anesthésie, trois ans plus tôt, à Marseille. Le chirurgien qu'il était, avait tout tenté, il avait effectué un massage cardiaque externe, avant de tenter la décompression active du thorax par l'impulsion d'électrochocs. Mais l'usage de la ventouse ACD n'avait rien donné. Il avait tenté de la ranimer encore, en ouvrant le thorax, en effectuant un massage à cœur ouvert. Brave Pierre, pauvre Judith...

-J'ai confiance en vous, lui avait-il suggéré.

C'était plus de deux années plus tôt.

-Faites le nécessaire ! Surtout, prévenez-moi pour savoir ce qu'il en est. Ce monsieur est chirurgien. Ma femme a eu recours à ses soins, dit-il au taximan.

Le chauffeur couvrit le fauteuil de devant d'une bâche qu'il venait de sortir de la malle, et ils entreprirent tous les deux de l'asseoir. Il avait rouvert les yeux. Il pouvait se tenir assis, mais ne pouvait pas voir avec précision les deux personnages qui prenaient soin de lui.

-Il est groggy. Ok, je l'amène à l'hôpital, dit l'homme. Il l'air dans le cirage.

-Prévenez-moi, de toute nécessité, de toute évidence, dit le passant qui s'était arrêté.

Il tendit au chauffeur sa carte de visite. Cet homme couvert d'un imperméable, lui aussi, était commissaire de police. Il lui fit un geste de la main quand la voiture, une berline Renault Espace, démarra.

« Pourvu qu'il s'en tire ? songea-t-il. Il n'a pas eu de chance avec la pauvre Judith, il n'y était pour rien, et ils lui ont tout mis sur le dos. J'ai dû quitter Marseille aussi. C'était plutôt la faute à l'anesthésiste, si son cœur a lâché plutôt.»

Aux urgences, Pierre Grimal fut immédiatement pris en charge. Il reprit ses esprits. Du sparadrap sur le visage, le bras en écharpe, au bout d'un moment, il fut apte à rejoindre son domicile, pris en charge par une ambulance. La police du commissariat le plus proche arriva et lui demanda certaines informations, comment était-ce arrivé, pour quels motifs l'avait-on agressé. Il n'en savait rien.

-J'ai juste été agressé, déclara-t-il.

Quand Laura le vit arriver, en compagnie d'un infirmier, le front couvert de gaze, la main meurtrie au bout d'un bras en écharpe, elle ne sut que dire. Cette nuit-là, il lui parut une évidence de le laisser afin qu'il fît chambre à part. A la clinique, on l'avait pourvu de tous les bandages nécessaires et lotions médicamenteuses pour arrêter et cicatriser les différentes fissures dont il faisait l'objet, antibiotiques pour prévenir tout risque d'infection. Dans un ou deux jours, les plaies seraient cicatrisées. Pierre, étendu sur le lit, songea qu'il serait en mesure de conduire Marina à l'aéroport de Roissy, et le souhait-il, qu'il reprendrait une vie normale. Laura vint quelques instants dans sa chambre, le regard tendu d'inquiétude. Elle lui demanda s'il n'avait besoin de rien. Elle tardait à partir.

-A demain, dit-il. Ce n'est rien.

Elle éteignit la lumière, quitta la chambre en faisant le moindre bruit possible et regagna la sienne.

Elle ne cessa de s'interroger durant la nuit : allaient-ils s'en sortir ? Elle avait confiance en Pierre. Il était assez fort, il avait assez de volonté, de ruse et de charisme pour les tirer d'affaire, elle et lui. Néanmoins, sa nuit fut agitée. Elle avait découvert le Beretta de Pierre caché sur le dessus de l'armoire, dans sa chambre à lui. Il avait dû donc s'en servir, à Marseille. Elle eut soudain conscience qu'ils vivaient dangereusement. Mais cette notion de l'imprévisibilité dans un monde qui s'agitait en tous sens, justifiait l'absurde par l'apprentissage, l'accoutumance d'une galère à l'inverse de ceux qui s'enconnaient dans la sécurité, le confort moral et le bonheur.

♦♦♦

Le lendemain passa, sans encombre, puis le surlendemain, jour où il dût conduire Marina à l'aéroport de Roissy. Ses plaies étaient sur le point de cicatriser. Il n'avait plus mal nulle part. Le supersonique dans lequel devait prendre place Marina décollait vers les huit heures du soir. Un incident fâcheux avait marqué son retour vers Paris, après qu'il eût déposé Marina. On vint sonner à la porte. Il était près de midi, ce matin-là. Laura était sortie pour aller faire des courses. En levant du pouce la cache de l'œil de bœuf, Pierre se pencha et vit un homme dont la silhouette ne lui était peut-être pas tout à fait inconnue, qu'il pouvait aussi bien avoir vu déjà, comme ne pas connaître du tout. Pourtant, malgré la déformation de l'œil de bœuf dans la perspective, l'apparence du visage du visiteur lui disait quelque chose. Pierre se décida à ouvrir, pas vraiment inquiet, mais attentif, sur le qui-vive. Ce ne pouvait être l'individu qui avait sonné le jour précedent ? Non, quelqu'un d'autre. Il ouvrit :

-Oui, de quoi s'agit-il ?

-Peut-être ne me reconnaissez-vous pas, monsieur Grimal ? Vous rappelez-vous de la clinique Saint-Clément, à Marseille ? Vous avez tenté de sauver ma femme, en vain, Judith Canta, que vous deviez opérer ? Certes, je vous dérange. Vous deviez l'opérer d'un fibrome aggravé. Hélas, la pauvre est morte durant l'anesthésie. Vous aviez tout tenté. Je suis Marc Canta, le commissaire.

Le visage de Pierre se détendit :

-Je me souviens très bien. Nous n'avions décidément pas eu de chance. Entrez, comment allez-vous ?

Il venait de reconnaître son visiteur et le conduisit jusqu'au salon.

-Entrez, dit-il, encore, vous êtes le bienvenu. Prenez place.

Le commissaire Canta était brun, quasiment chauve, avec une moustache fine, des yeux noirs assez froids. On lisait sur son regard, l'impact d'un homme qui semblait avoir vu beaucoup de choses, patiné par un réalisme dur, dû à une expérience professionnelle sans faille, mise à l'épreuve continuellement. Un homme de métier. Un flic formé à l'école de la vie qui avait dû souffrir beaucoup de la disparition de son épouse.

-Prenez place, dit Pierre, en désignant l'un des fauteuils. Vous désirez boire quelque chose, whisky, porto ?

-Un peu de porto, pour vous faire plaisir. Excusez ma visite, en fin de matinée.

-Vous êtes tout excusé, monsieur Canta.

-Oui, je me disais, étant donné que je vous ai trouvé agressé dans la rue…C'est moi qui ai fait signe au chauffeur de taxi de s'arrêter pour vous faire admettre à l'hôpital, avant-hier soir. J'ai réalisé ensuite qu'il serait peut-être utile que je vous fis une petite visite.

-Donc, c'était vous ?

-Oui, je passais, sous la pluie battante. De vous voir ainsi, à terre, battu à mort, sans réaction, cela m'a absolument abasourdi. Vos agresseurs avaient pris du champ. Heureusement que le chauffeur de taxi s'arrêta. Je lui avais donné ma carte de visite pour qu'il me tienne au courant de votre état, ce qu'il a fait. C'est ainsi que j'ai connu votre adresse, que je suis venu vous voir.

-Et que vous avez réglé le taxi ! Comment puis-je vous remercier ? lui demanda Pierre Grimal, en versant du porto dans les deux verres.

-Ne me remerciez pas. Je n'ai fait que mon devoir, content et satisfait, si je dois dire, si vous vous en êtes remis.

Il lui sourit.

Pierre Grimal se leva, alla chercher quelques amuses gueules, des olives qu'il disposa dans des petits plats.

-Servez-vous, faites comme chez vous, dit-il, en choisissant une olive dénoyauté. Vous m'avez rendu un fier service. Comment ne pas en faire état ?

-A vrai dire, je passais là, par hasard. C'est souvent une question de hasard. Je me dirigeais vers la place Pereire. Cela tombait si dru, dit-il, en riant. Un vrai déluge. De quoi se mettre à l'abri sous un porche en attendant que ça se calme ! Mais l'intervention du hasard, tant soit peu prémédité, disons l'occasion fortuite ont voulu que nous soyons mis en présence et nous rencontrions de nouveau. Vous étiez sacrément amoché. Comment allez-vous ?

-Beaucoup mieux, répondit Pierre. Grâce à vous ! Qu'est-ce qui vous a amené à Paris.

-Il faut que je vous explique, c'est une raison qui justifie aussi ma visite.

-Je comprends. Le métier ?

-Bientôt, la retraite. Sans regret.

Pierre prit son verre, son compagnon, le sien :

-Chin ! A votre santé !

-A la vôtre aussi.

Ils burent, reposèrent leur verre sur une petite table basse.

-J'étais préoccupé par votre état. Il fallait que je vous revise à tout prix.

-Cela se comprend !

-Enfin, on ne va pas tourner autour du pot. Je suis venu pour une raison précise : On vous a vu à Marseille, il y a maintenant, cinq jours. Vous sortiez de votre hôtel, à proximité des cinq Avenues...

Comme pour couvrir le son de ces paroles, Laura entra, son panier rempli de provisions à la main, surprise de constater la présence de l'inconnu dans le salon. A son arrivée, Pierre se leva, son visiteur aussi :

-Je te présente Marc Canta, un ami.

Laura le salua :

-Enchantée...

-Pierre, dit-il, est une vieille connaissance…

Il lui tendit la main, qu'elle ne refusa pas. Puis Laura alla à la cuisine porter son panier rempli d'achats, en plaça certains aliments dans le réfrigérateur, les autres en lieu sûr, revint au salon en prenant place à côté de Pierre qui se leva pour prendre un verre derrière le bar et lui versa du porto, puis de nouveau du porto pour les deux hommes, dans leurs deux verres.

-A la santé de Laura ! dit Pierre.

-A la nôtre ! ajoutèrent-ils en chœur, et chacun but, puis reposa son verre vide sur la table basse.

Marc Canta reprit ce qu'il venait de dire, au début de la conversation :

-Où en étais-je ? Ah, oui, je disais que l'on vous avait aperçu à Marseille, il y a cinq jours, à proximité des Cinq Avenues… Le soleil brillait déjà, ce jour-là. C'était le début de la matinee…

Pierre et Laura écoutaient sans broncher, attentifs. Marc Canta continua de sa voix à l'accent provençal :

-Vous avez marché quelques temps le long du boulevard National, sans voir les passants, l'air préoccupé. C'était un mardi. Puis vous vous êtes arrêté près d'un boulodrome qui fait le coin, où des hommes étaient massés. Vous avez observé un temps une partie de jeu de boules, à la lyonnaise. Vous paraissiez intéressé, ou bien n'était-ce qu'une apparence ? Vous portiez des moustaches et des lunettes. Quelqu'un qui vous connaissait, vous a vu. Il n'a rien dit. Après avoir suivi un temps la partie, parmi ceux qui formaient une sorte de haie autour des joueurs de pétanque, vous avez quitté le groupe, vous êtes reparti en sens inverse. L'homme qui vous avait reconnu, vous a suivi, à votre insu, intrigué Il vous a vu prendre place dans une Alfa Roméo de location immatriculée dans les Bouches du Rhône. Le temps d'ajuster la ceinture de sécurité, vous avez démarré ensuite le moteur en vous mêlant à la circulation du boulevard. L'homme a relevé, à tout hasard, les numéros minéralogiques de la plaque d'immatriculation du véhicule. C'était quelqu'un de chez nous.

-Vous avez l'air bien renseigné !

Marc Canta sortit un paquet de cigarette de sa poche, prit une cigarette, en offrit à Pierre, à Laura, puis devant leur refus, il l'alluma avec son briquet, et continua :

-En habitués, il ne nous a pas été difficile d'établir une liaison avec vous, à votre insu. Que faisiez-vous dans la ville ?

Malgré votre présence du côté du quartier de l'Opéra, le long du Vieux Port, jusqu'à la Joliette, il nous a paru que vous étiez revenu à Marseille dans un but précis. Peut-être avec l'intention de vous venger ? On a retrouvé l'Alfa, le jour suivant, garée près de la gare Saint-Charles. C'était une voiture de prêt, provenant d'un loueur de véhicules d'un garage de la rocade du Jarret, plus précisément situé boulevard Françoise Duparc. A ce moment, quand nous avons pris nos renseignements auprès du garagiste, vous étiez déjà dans le TGV qui remontait sur Paris.

L'homme se pencha et posa un peu de sa cendre de sa cigarette dans le cendrier :

-Avouez que les coïncidences sont frappantes. D'autant que deux chirurgiens de la clinique Saint-Clément ont été assassinés… En plus du vieux, à Paris. Coïncidence troublante.

-Je ne le nie pas. Cela paraît conforme…

-Je n'aimais pas le deux fils chirurgiens du professeur Lamberti, de réputation, aussi nuls en chirurgie, l'un que l'autre. Mais après votre départ, quelque chose nous a intrigués : l'assassinat du professeur, à Paris, dans le métro. Ce ne pouvait pas être vous, puisque vous étiez à Marseille, le même jour. Il y a eu donc deux tueurs, en plus de celui qui a éliminé les frères Lamberti. Paraît-il, d'après des dires, que ce serait une femme…

-Là, je ne comprends pas.

Marc Lanta évita de se tourner vers Laura, quasi intentionnellement.

-Il paraîtrait qu'on la recherche. Je suis mandaté ici, à Paris, par l'Evêché de Marseille, en commission rogatoire, pour élucider ces meurtres. L'affaire suit son cours. N'êtes-vous pour rien dans les meurtres des frères Lamberti ? Je vous le demande… Vous êtes en droit de me répondre « non ». Mais supposons…

-Je ne vois pas de quoi vous parlez. Qu'avez-vous l'intention de me faire dire ?

-Je sais. Beaucoup répondent cela, même s'ils ont été formellement reconnus. Qu'étiez-vous donc venu faire à Marseille ?

-Revoir la ville, respirer un peu l'air du pays, renouer avec une certaine atmosphère déficitaire. Il n'en restait rien. N'en ai-je pas le droit ?

-Si, bien sûr, mais on peut se poser certaines questions. Qu'avez-vous fait durant vos deux jours ?

-Revoir la ville, je vous l'ai dit. Cela ne regarde personne. Je suis sorti. Je suis allé au cinéma, rue Paradis. Je me suis promené sur le Vieux-Port. C'est tout, jusqu'à la Joliette. J'ai mangé au resto, une nonne bouillabaisse, (on peut vous le confirmer). J'ai bavardé avec des prostituées du Vieux Port. Je me suis baladé dans les environs, dans les calanques, jusqu'à Cassis. J'ai même fait un tour jusqu'à Toulon, par le Castelet, où il y a pleine de putes, comme toujours, qui attendent le client sur le bord de la route... Je suis revenu.

-Dans quel but ?

-Aucun. Si je peux me permettre, qu'en est-il de la liberté d'aller et venir, individuelle, essentielle ?

-Pas pour un gros poisson tel que vous. Certes, vous n'avez rien à vous reprocher de précis, mais votre présence nous a paru, comment dire, insolite... Ce n'est en rien préjudiciable, mais bizarre.

-Bizarre, vous avez dit, comme c'est bizarre !

Son interlocuteur se mit à rire.

-J'ai bien un passeport ergométrique. Mais Marseille, à ce qu'il me semble, ne fait pas partie encore de l'Asie du sud-est, ou du Maghreb ? Elle n'est pas interdite au tourisme. Certes, avec la mondialisation, on ne sait plus dans quel pays on réside, où l'on en est... C'est bien en France, je crois...

-Et vous êtes reparti, comme cela ?

-Oui, j'en ai eu assez de droguer sans but.

-Je vous ai découvert, il y a trois jours, battu à mort, étendu sur un carré de bitume, la nuit, vers dix heures du soir, par un temps de chien, le visage tout ensanglanté ! Qui pouvait vous en vouloir à ce point ?

-Je l'ignore. On n'a pas toujours le choix des moyens. On ne peut pas plaire à tout le monde.

-Qu''entendais-vous par-là ? Nous ne faisons que supposer. Passons... Votre petite amie, demanda-t-il ensuite, à Pierre, elle est bien Française ?

-Non, de nationalité canadienne. Je me trouvais précédemment à Montréal. Nous avons sympathisé. Je l'aime beaucoup. Je l'ai invitée à me suivre pour effectuer un séjour, à Paris.

-Et elle a accepté ?

-Bien sûr, puisqu'elle est là ! Pourquoi pas ? C'est vraiment très indiscret. Vous tenez absolument à me piéger, commissaire. Je ne vois pas en quoi. Vous me connaissez de réputation.

-Mais il y a votre présence remarquée à Marseille, votre agression de l'autre soir, ce qui porte à se poser des questions, à interpréter certaines suppositions, même si l'on peut n'y voir que certaines coïncidences ? N'êtes-vous pas de mon avis ?

-Bien sûr. Mais qu'aurais-je vraiment à répondre ?

-En faisant un petit effort pour nous mettre sur une voie… D'accord, je suis absolument d'accord avec vous. Vous en avez le droit, vous n'avez jamais rien commis de fâcheux, de frauduleux. Mais certaines coïncidences son troublantes. Il y a eu trois meurtres, à interpréter comme des règlements de compte. Vous pouvez me dire que vous n'étiez pas le seul à avoir été mis en rapport avec les frères Lamberti. Le trust Lamberti, comme on l'appelle, et leurs ratages chirurgicaux. Vous n'êtes guère seul à leur en vouloir. Moi-même, à cause de Judith… D'autres pas patients qui ont subi les affres de leur incompétence ! Votre présence à Marseille peut être interprétée de multiples façons, le fait que l'on vous ait agressé, l'autre soir. Dites, quelqu'un vous en veut, ou veut vous faire chanter !

Mimique de stupeur et d'interrogation, de la part de Pierre :

-Peut-être souhaitez-vous m'apprendre quelque chose que je ne savais pas ! Qui peut, selon vous, me faire chanter ?

-Un témoin compromettant. Quelqu'un qui agit sournoisement, malicieusement, qui est de mèche avec d'autres individus louches, malfaisants, à l'affût d'un gain d'argent qui, hélas, se fait rare. De nos jours…

-Dans ce cas, vous avez peut-être raison. Je possède un tableau de Van Dongen, que j'ai rapatrié de Marseille, « Anita ou la gitane apprivoisée », (« La bohémienne »), une huile sur toile. Il peut valoir beaucoup d'argent à l'estimation d'un expert, dans les deux millions de dollars. Et des escrocs peuvent en être intéressés pour le recel, ou la revente. Vous connaissez mes goûts pour la peinture.

-Où se trouve donc ce tableau ?

-Ici, chez moi, dans ma chambre. Mais je l'ai assuré contre le vol.

-Je peux voir ?

-Bien sûr.

Ils se levèrent tous les trois, et allèrent examiner le tableau fixé au mur.

-Vraiment très beau. A combien estimez-vous la valeur d'une œuvre pareille.

-Jusqu'à plus de deux millions de dollars.

-Cela peut intéresser d'éventuels arnaqueurs. Hier soir, paraît-il qu'en revenant de l'aéroport de Roissy où vous étiez allé déposer une amie, Marina Goldstein, vous avez été victime d'une agression, votre petite amie et vous ?

-C'est vrai !

-Vous avez fait une déclaration à la police ?

-Oui, il s'agit d'un individu assez louche.

-Vous n'ajoutez rien ? Vous le connaissiez ?

-Non, je n'ai rien à dire.

-Parlez-moi de ce qui s'est passé hier soir, durant votre retour de l'aéroport de Roissy ?

-Pour quelles raisons ?

-J'aimerais avoir votre version des faits. Qui vous a culbuté avec un 4X4 Toyota ?

-Je n'en sais rien. Plutôt, je le sais désormais, mais quelle importance cela a ?

-Mon collègue, Roger Prades, commissaire central à la PJ de Paris, aimerait bien savoir, lui. Je lui ferais ainsi mon rapport. Cela a son importance. Et l'affaire serait close.

-Je n'ai pas l'habitude de raconter ce qui m'arrive, mais je vais essayer de vous mettre sur la voie. Je n'ai pas vraiment porté plainte, pour certaines raisons, quoique ma voiture soit emboutie et hors d'usage, définitivement. Qu'elle l'était, et que j'ai dû faire appel à un automobiliste de passage qui venait de s'arrêter.

-Vous avez pris la place du chauffeur qui était sorti du véhicule, ébahi, qui a crié : « J'ai tout vu ! »

Pierre Grimal qui observait le commissaire, n'en revenait pas. Celui-ci continua :

-Lui nous a avertis. Vous étiez hors de vous, selon ses dires. En vous voyant se diriger vers son véhicule, en le poussant pour qu'il vous laisse la place, à l'avant, il a pris peur.

-Mais c'est ma voiture ! a-t-il dit, en constatant que vous preniez le volant. Vous êtes de la police ? vous a-t-il suggéré. Devant votre mutisme, votre air féroce, il n'a pas insisté. Il a préféré prendre place à vos côtés, sur le siège du passager, à l'avant.

Votre amie avait suivi et venait de monter aussi, à l'arrière. C'est bien cela ?

Pierre approuva d'un signe de tête. Le commissaire tendit la main vers la table basse et but un peu de porto avant de le reposer le verre, quasi vide.

-Pourquoi avez-vous dit : « pour certaines raisons » ? Je comprends, mais... Vous avez quitté Marina Goldstein, vers dix-neuf heures trente. Ensuite, vous avez effectué votre retour de Roissy, suivi particulièrement par une Toyota. Que s'est-il passé alors ? Vous avez le droit de ne pas répondre, si vous jugez que je ne peux vous être guère utile, autant que le commissaire central de la PJ de Paris. Vous pouvez être convoqué au 36, Quai des Orfèvres. On ne vous demandera pas votre avis, mais on vous assaillira de questions, votre amie et vous. Le bourrage de crâne, ça existe. Surtout quand ils se mettent à plusieurs. Ils se remplacent, tandis que votre état nécessite la garde à vue, sur simple présomption. Comptez sur la fatigue qui s'accumule au fil des heures, dans une ambiance spéciale.

-Commissaire, de par l'exercice de mon métier, j'en ai vu des vertes et des pas mûres.

-La garde à vue peut être prolongée par simple suspicion, au-delà, au détriment du règlement. Ce n'est pas drôle. La fatigue... Demain, à partir de six heures du matin, vous serez obligé de vous expliquer. Je peux peut-être arranger les choses ? Réfléchissez ! Je ne vous mets pas le couteau sous la gorge, mais votre avenir en dépend, à vous, autant qu'à votre amie. Savez-vous pourquoi ? A cause de la toile de Van Dongen... Paraît-il que la prise de bec que vous avez eue avec votre agresseur, celui du 4x4, sur l'autoroute, avant hier au soir, à votre retour de Roissy, a été plutôt rude ! Il vous a culbuté, à plusieurs reprises, en se servant de l'avant de son véhicule, comme d'un butoir. Il vous a compressé contre le contrefort de l'autoroute, une fois à votre niveau. Vous avez tenté de lui échapper, en vous positionnant à contre sens sur une bretelle de raccordement. Quand il a vu ça, il viré de bord lui aussi et a foncé sur votre véhicule pour l'écrabouiller, à plusieurs reprises. Vous vous en êtes sortie indemne. Heureusement qu'une voiture arrivait dans le bon sens, une Opel. Le chauffeur, interdit, est sorti de son véhicule. Vous avez pris sa place. Nous l'avons interrogé votre agresseur: c'est un pauvre bougre, sans travail, avec une femme enceinte et deux mioches. Votre amie vous attendait dans la voiture, très inquiète, avec le propriétaire du véhicule. Cela s'est passé très vite, d'abord. Vous avez pris le volant pour poursuivre votre agresseur qui vous échappait. Le propriétaire sur le siège avant, à gauche, et votre amie, sur le siège arrière de l'Opel. Vous avez pris des risques, à contre sens, pour rattraper le conducteur fou du Toyota, dans le flux des véhicules qui arrivaient en sens inverse. Cela, c'était la première fois. Ils vous ont attendu environ dix à quinze minutes, avant de quitter les lieux. Mais le chauffeur du Toyota, le 4x4, vous l'aviez rattrapé. Vous saviez désormais où il habitait, il tentait de s'enfuir. Il vit dans un HLM d'Evry. Il se plaint que vous êtes venu chez lui, après lui avoir ordonné d'ouvrir, sans sommation, que vous vous êtes rué sur lui, comme un fou !

-Il n'était pas obligé de m'ouvrir ! Il y avait de quoi enfoncer la porte, quitte à ameuter tout l'immeuble !

L'inspecteur continua :

-A coups de poings, en lui frappant la tête contre un mur, dans le but de le défigurer, de lui casser la tête, vous vous êtes acharné sur lui. Sa femme a dit que vous étiez hors de vous, que vous ne pouviez pas vous contrôler.

-Il venait d'emboutir ma voiture, exprès, en se servant de son 4X4, comme d'un bélier. J'ai cru qu'il cherchait à nous tuer, Laura et moi !

-Après l'avoir à moitié assommé, vous avez tenté d'appeler la police, mais la femme enceinte vous a supplié de ne pas le faire, que son mari avait déjà commis des actions frauduleuses, que son casier judiciaire était entaché d'une condamnation avec sursis, que si vous portiez plainte, son mari serait mis en taule. Elle a voulu le sauver et vous a proposé de l'argent à la place ! Les gosses pleuraient. L'appartement était sans dessus-dessous, complètement ravagé. « Tenez, c'est tout ce que nous avons, vous a-t-elle dit, en vous tendant une liasse de billets de banque. Prenez ! » Faut dire qu'elle est enceinte de six mois, la pauvre fille, que dans cette ambiance, les gosses ne cessaient pas de chialer. Dans ces HLM de la banlieue d'Evry, ce ne sont pas le manque de confort, la misère qui fait défaut, du côté des Pyramides, juste en face de l'agora : la nuit, l'insécurité règne dans la ville dortoir, au point que la police ne se hasarde même plus dans certains quartiers. Voitures saccagées, brûlées. La nuit, c'est une zone infernale, interdite. Beaucoup de gens se terrent chez eux. Les parkings en sous-sol, désertés, viennent de la peur qu'ont les gens de perdre leur véhicule de travail dans les flammes, autant qu'on les vandalise. C'est du propre, ce climat d'insécurité qui règne de nuit, comme de jour ! Vous avez réfléchi ? Vous avez suffisamment arrangé l'autre, sauvagement. La télé, les meubles, les tables, saccagées. Un véritable carnage, la pièce principale mise à sac, par vous et le type qui cherchait à se défendre ! Ces gens-là sont très pauvres. Le mari, alcoolique, érémiste. Suite au « boucan » que vous avez fait chez eux, quelqu'un est venu inopinément sonner à la porte. La femme est allée ouvrir. Le type s'est présenté, il toussait sans arrêt, la cigarette au bec. Il a demandé au mari commotionné qui tremblait, accroupi sur le sol, le visage en sang :

-Vous ne venez pas à la réunion des locataires ?

Celui-ci a fait « non », de la tête, simplement. L'autre portait un chapeau et toussait toujours. Le nouvel arrivant a compris d'un regard de l'autre. Il est reparti, en laissant la porte ouverte. Vous vous êtes senti de trop parmi ces minables. Une fois dans le couloir de l'immeuble, vous êtes descendu. Vous vous êtes trouvé sur le parking. Le type à qui vous aviez emprunté la voiture, une Fiat, en présence de Laura assise sur le siège arrière, pour poursuivre le mari n'était plus là. Faut-dire que celui-ci n'avait pas le choix ! Il est revenu vers Paris et a déposé votre amie, à votre domicile. Elle tremblait de peur, paraît-il. Après avoir quitté la zone des HLM, à cran, vous avez débouché sur une artère quasi déserte où vous avez hélé un taxi. Il vous a pris en charge ? Vous avez donné l'adresse de la rue de Poitiers.

-Exact !

-Vous êtes rentré chez vous. Laura vous attendait. Enfin, de retour chez vous. Vous avez dîné, sans appétit, je suppose. Votre véhicule a été retrouvé, coincé contre, les portières enfoncées, totalement inutilisable. Cela pour dire… Vous regardiez tous les deux la télé quand le téléphone a sonné. Laura a tressailli. Toujours le téléphone ! Vous avez décroché le récepteur, mais personne n'était disposé à vous répondre. Seulement une voix qui ricanait. Cela a recommencé plusieurs fois. Vous avez finalement décroché le récepteur du socle pour ne plus être embêté.

-C'est à peu près cela. Comment le savez-vous.

-Par simple flair. Et puis on vous a mis sur écoute. J'ai l'habitude de ce genre d'affaires. Le mieux, dans ces cas-là, est d'avertir la police pour qu'elle mène une enquête, afin de localiser

102

le ou les intrus, les maîtres-chanteurs. Sinon, dites-vous bien que ces coups de téléphones répétés vous auront à l'usure, afin de vous saper le moral. Ils vous ont pris au piège et veulent vous proposer un contrat d'argent, sans aucun doute : vous leur donnez du liquide, et ils ferment les yeux. Ils cessent de vous embêter Laura et vous, contre cent mille euros. Ils ne lâcheront pas leur proie.

-A ce point ?

-A plus forte raison, s'ils vous obligent à vendre, s'ils ont un acheteur ou un receleur pour le tableau de Van Dongen. Après quoi, la transaction faite, vous serez libres, si vous leur obéissez. Il y a la police : vous serez convoqué demain à la PJ. Il faudra identifier l'inconnu apparu, après avoir sonné, qui demandait au conducteur auquel on avait prêté le 4X4 pour une mission précise, s'il avait l'intention de se rendre à la réunion des locataires. Je parle de celui qui toussait sans arrêt. Par lui, ils remonteront la filière. Le mari et la femme enceinte seront de nouveau interrogés. A supposer que le second ait pris la fuite, qu'il soit déjà fiché, l'autre... Pourquoi n'avez-vous pas porté plainte contre l'auteur de l'agression dont vous avez fait l'objet, le conducteur du bolide fou qui a embouti votre véhicule sur l'autoroute ? Parce que vous l'avez démoli, parce que sa femme vous a proposé de l'argent ? Que vous a-t-il dit ?

-Qu'il était soûl, qu'il ne savait plus ce qu'il faisait.

-Et vous l'avez cru ? Vous me faites rire ! Il y a bien une autre raison, laquelle ? Je vous informe qu'il y a eu un témoin qui a porté plainte : celui auquel vous avez emprunté la Fiat, sur la bretelle qui menait à l'autoroute, en conduisant à contre-sens, pour rattraper le 4X4 ! Ce bonhomme-là était dans tous ses états. Il faisait nuit, les véhicules ne cessaient d'arriver, en vous éclaboussant de leurs phares. Vous l'avez échappé belle, pour ne pas être percutés !

-J'ai remonté sur la bande d'arrêt d'urgence. J'ai aperçu le 4x4 se dirigeant vers la zone des HLM d'Evry. J'ai accéléré pour le rattraper.

-Vous vous en êtes bien tiré, si l'on peut dire, jusque-là ! Mais l'état du type que vous avez matraqué, a nécessité des points de suture, à l'hôpital. Vous étiez déjà parti. L'immeuble était en émoi, les locataires affluaient de toutes parts, s'ameutaient dans les couloirs des étages. Votre départ a suscité une pagaille monstre. Vous étiez déjà parti !

-En effet ! Je n'avais plus rien à faire là, après avoir réussi à rattraper celui qui avait failli me tuer avec son tout terrain, qui s'en servait de boutoir, pour contrainte ma BMW à racler le mur de soutènement de l'autoroute, jusqu'à ce qu'une bretelle de raccordement m'eût permis de bifurquer, qu'il se soit servi du 4X4 pour foncer sur moi à plusieurs reprises, comme d'un bélier, en la frappant de biais. Vous n'allez pas me dire qu'il ne savait pas ce qu'il faisait ! Heureusement, le conducteur de la Fiat est arrivé. Il avait stoppé. Celui-ci avait assisté à la scène et était désorienté. J'ai réquisitionné sa voiture, en lui ordonnant de s'asseoir à côté. Laura m'a suivi. Cela aurait pu mal se passer, mais l'autre méritait sa leçon. Je voulais savoir où il habitait, pourquoi avait-il fait ça ! Résultat : ma BMW est hors d'usage, moteur écrabouillé, direction faussée, portière, n'en parlons pas ! Laura a été secouée. On n'a pas le droit d'agir de la sorte. Il avait l'intention de me tuer, de nous tuer !

-Pas tout à fait ! Plutôt de vous faire peur !

-Il a seulement répliqué qu'il était soul, qu'il ne savait pas ce qu'il faisait, qu'on lui avait prêté le 4X4.

Pierre Grimal ne pouvait pas dire au commissaire Canta que s'était le fameux Justin qui avait glissé une lettre sous le paillasson, qu'il se disait être le seul témoin qui avait aperçu Laura en train de frapper le professeur Lamberti, celui qui lui avait donné rendez-vous au »Bistro rouge ». Le type le tenait, d'une certaine façon, même s'il lui avait mis la tête au carré. Ce qui s'était dit entre eux, l'avait contraint à réfléchir, à prendre distance, à s'arrêter de frapper celui-là même qui était venu sonner sur le seuil de sa porte, quelques jours auparavant, en glissant l'enveloppe par dessous, en lui donnant rendez-vous au « Bistrot rouge », celui qui lui avait téléphoné ensuite pour se désister, pour lui dire qu'ils avaient une affaire plus importante à lui proposer !

-Croyez-vous qu'il y a une liaison, une corrélation entre ceux qui m'ont agressé dans la rue, il y a trois jours, et le conducteur du 4X4, commissaire ?

-Sans aucun doute.

-Dommage que nous ne sachions presque rien, pour l'instant, sur celui qui est venu sonner à la porte pendant que vous étiez chez ces gens, celui que vous avez frappé, pas plus que sur l'homme au chapeau, après que la femme vous ait proposé de l'argent ?

-Ce n'est pas de l'argent de la femme enceinte qu'il s'agit ! Mais de l'autre... Paraît-il qu'il travaille à l'aéroport d'Orly Ouest, comme ouvrier d'entretien. Il a un alibi, il travaillerait là, depuis plus de six mois.

-Il faut que vous nous aidiez à le contacter. C'est un indice déterminant, le rouage essentiel pour remonter la filière Il est probablement au service de ceux qui vous en veulent. Il sert de mouchard, d'autre chose aussi, d'indicateur. Il faudra reconnaître le suspect devant le commissaire de la PJ, afin qu'on lui demande des comptes. Le tout se résume à une organisation dont il n'est qu'un élément. Il devait être en compagnie d'autres, à l'aéroport, ou que vous avez pu remarquer, sans le vouloir vraiment, dont on vous montrera les clichés. La mémoire revient, après coup. Si vous les reconnaissez face à l'écran, par projection diapositive de leur profil, il suffira seulement de les identifier et de remonter la filière jusqu'à la tête...

-Eh, bien ! ajouta-t-il, en dévisageant Laura avec son œil de professionnel... Je vais vous quitter. Je ne vais pas profiter davantage de votre hospitalité. Mais rendez-vous demain, au centre du Quai des Orfèvres, on vous attend.

Le commissaire se leva.

-Je suis désolé de la raison qui nous a réellement mis en présence, mais je n'ai pas pu faire autrement. Croyez-moi, Pierre, ne m'en veuillez pas. Si je peux vous aider à sortir de ces embarras...

-Je n'ai rien à me reprocher.

-Ce n'est pas suffisant. Il faut élucider cette affaire, en délier les fils d'écheveau.

-Je vous en prie... Je vous raccompagne.

-A demain, donc, Pierre. Il m'a paru nécessaire de vous rendre visite, en ami. Je ne peux pas dire que je peux aussi bien vous couvrir, si la situation vous est défavorable ou reste ambiguë. On peut tronquer ce que l'on veut, mais c'était la moindre des choses. Vous prévenir. Votre présence à la PJ, si elle peut paraître essentielle, effective, prendra une tournure plus ou moins officieuse. Vous ne serez pas surpris, ainsi. Nous serons de votre côté.

Il n'ajouta pas : « Ce qui nous intéresse, ce sont les autres, avant tout ! » Le pensait-il vraiment ? Un flic reste un flic. Pierre Grimal le raccompagna avec déférence, jusqu'à la porte.

-Votre BMW a été récupérée et amené dans une décharge, à la casse. Il n'y avait pas d'autres solutions. Il faudra contacter votre assurance. Tout ça arrive.

Au moment de se quitter, il lui serra la main :

-Ne vous tracassez pas, insinua-t-il, en souriant, en l'observant dans le regard avec franchise, je suis là. Je ne pourrais jamais oublier ce qui s'est passé à Marseille. Judith…

◆◆◆

Après le départ du commissaire, la porte close, ils se regardèrent, Laura et lui. Il dit :

-Je ne sais pas si nous ne ferions pas mieux de quitter Paris pour retourner à Montréal, ou ailleurs ? Qu'en penses-tu ?

-C'est comme tu veux. Mais dans une autre ville que Montréal… Québec ?

-C'est d'accord. Mais je préfère Montréal. Quitte à quitter la ville ensuite. Cela nous fera des souvenirs. Retour à la case départ, avec toi ! Mais je ne crois qu'on y restera : il fait trop froid, en hiver. La Floride est profitable, pas besoin d'UV ! Ce que j'aimerais, c'est que tu prennes la décision de me suivre, quoi qu'il en coûte. J'ai voyagé. Toi aussi, tu voyageras. Etre partout et nulle part, toujours en instance. Il y a le goût du voyage que s'était donné Ulysse, avant son retour à Itaque, l'esprit de découverte sans quoi l'homme ne saurait vivre, sans espoir…

La sonnerie du téléphone déchira la pièce, stridente. Aucun d'eux n'alla décrocher le récepteur. Dix minutes plus tard, de nouvelles sonneries résonnèrent dans la pièce, émises par les à-coups provenant de l'appareil. Ils restèrent immobiles, un instant, à se regarder. Il alla décrocher, finalement :

-J'écoute…

-Monsieur Grimal, dit la voix, en toussant, nous vous rachetons votre vie, contre le tableau de Van Dongen, sinon cela va continuer ! N'oubliez surtout pas que nous avons un témoin crucial dans notre affaire, à ne pas négliger, le seul témoin qui a vu votre amie poignarder de dos, le professeur Lamberti. Ou bien nous prévenons la police, ou nous ne le faisons pas. Le tableau, ou de l'argent correspondant à sa vente, sa mise en gage, effaceront la dénonciation de la jeune femme. Si vous tenez aussi à la vie ? N'oubliez pas, cent mille euros à payer cash, ou le tableau. Pour l'argent, il suffit de le déposer dans un sac en plastique, près de la « Péniche Sauvage », en bord de Seine, sur le quai François Mauriac, à côté d'un pécheur à la ligne qui vous attendra en portant une casquette rouge sur la tête, entre quatorze heures et quatorze heures-trente, lundi 25 aout. Ecoutez nos conseils, obéissez aux ordres... Sinon, à vos risques et périls !

Celui qui parlait d'une cabine publique, sans doute, ou à l'aide de son portable, éteignit l'appareil. Pierre réalisa qu'ils avaient une marge de manœuvre importante d'ici là. Le week-end n'était pas encore commencé.

Il ne se rendit pas au 36, quai des Orfèvres, sur l'île de la Cité, le jour suivant. Il jugea qu'ils avaient mieux à faire, Laura et lui. Il téléphona à un service d'agents de taxi, dont le chauffeur vint les prendre, vers les onze heures. Ils portaient chacun une valise. Pierre Grimal avait placé le tableau, « Anita ou la gitane apprivoisée » dans une valise genre attaché caisse, plus plate, plus haute que celle qu'il tenait à la main, avec son ordinateur portable, en bandoulière. La valise où se trouvait le tableau de Van Dongen, et le portable, ensemble. Ils prirent place dans une Peugeot Espace.

-Aéroport de Roissy, lança-t-il au chauffeur, terminal 3, hall de départ, s'il vous plait !

Le chauffeur mit le moteur du véhicule en route, puis déclencha le compteur. Pierre se retourna pour observer si aucun véhicule banalisé ne suivait le taxi, à supposer que certains malfrats ou policiers en planque à proximité de la résidence, eussent décidé de les suivre. « Incroyable ! » songea-t-il. Ce qu'ils avaient vécu depuis des jours, n'était-ce qu'un rêve ?

Une fois à Roissy-Charles de Gaulle, il régla la course au chauffeur qui leur remit leurs bagages. Ils se rendirent vers le guichet d'accueil d'Air Transat. Pierre présenta leurs passeports à l'hôtesse, et régla deux billets pour Montréal. Le Boeing ne décollait pas de Roissy avant seize heures cinquante. Il était à peine un peu plus de midi. Ils se dirigeaient vers l'un des restaurants de l'aéroport, quand, en passant devant le grand panneau d'affichage des départs, avec presque du regret d'avoir déjà pris leur billet pour Montréal, ils eurent soudain la tentation spontanée ou communicative de pouvoir choisir toutes les destinations possibles, avec cette vague impression de continuer à vivre dans un rêve, tout en étant convaincus d'être dans le réel, le présent immédiat. Ils reprirent conscience, en se tournant l'un vers l'autre. Quand Pierre aperçut la silhouette de l'individu qui toussait dans l'entrebâillement du vestibule de l'appartement en HLM d'Evry, il se rendit compte alors qu'il perçait le voile de ce rêve. En priant Laura de prendre en charge sa valise, son sac en bandoulière, il se mit à courir après lui. Celui-ci le vit, se mit à courir aussi, dans la foule quasiment compacte de gens qui allaient et venaient dans tous les sens. Pierre n'était plus dans un rêve cauchemardesque, simplement conscient d'être dans la tragédie d'un moment urgent, totalement extérieur à lui-même. Il le poursuivait, bien sûr. Celui-ci réussit à lui échapper, car il connaissait toutes les issues du cadre de l'aéroport, par cœur. Il eut l'avantage que le décor lui était familier. Pierre eut beau scruter alentour, il dut se résoudre à l'évidence, l'autre avait disparu. Rien que des physionomies anonymes, que des visages de gens qui l'indifféraient, sauf une, obsédante.

Il surgit d'un ascenseur qu'il avait dû prendre pour accéder à l'une des terrasses. Peut-être l'individu s'y cachait-il ? Il lui semblait l'avoir vu monter des marches quatre à quatre. Une fois sur l'espace plan, il eut beau jeter son regard, à droite, à gauche, dans tous les recoins, il ne vit personne. Un soldat, ou un policier de service l'interpela, muni de son casque, d'un treillis, la mitraillette en bandoulière sur l'épaule. Il ne répondit pas. Pierre fit comme s'il ne le voyait pas et continua d'avancer, redescendit par une porte. Où était passé l'homme tuberculeux ou bronchiteux qui toussait ? Il redescendit au seuil inférieur. C'était celui des arrivées. Il s'engouffra de nouveau dans l'ascenseur. Celui-ci s'arrêta. Il aperçut alors l'individu qui poussait son chariot muni d'un sac poubelle et de produits de nettoyage.

-Lui, dit-il, lui, là-bas ! en bousculant des gens qui lui barraient le passage.

Il fut injurié par des voyageurs, en anglais, dans toutes les langues.

-Lui, dit-il, à des policiers de l'aéroport qui venaient à contre sens, parmi les piétons qui marchaient.

-Quoi, lui ? demanda l'un.

-Vous feriez mieux de lui demander ses papiers !

-Il travaille à Roissy depuis plus de six mois, répondit un autre.

Il se rendait compte que son comportement agressif, fougueux, le faisait prendre pour un détraqué, qu'on le considérait d'un sale oeil. Il tenta de se calmer, poursuivit son chemin parmi la masse de gens, mais l'individu de nouveau hâta le pas et disparut dans un couloir. Il avait toujours sur lui l'avantage.

Les escalators étaient pleins de voyageurs en partance. Ils se déroulaient en chenilles pour monter ou descendre. Les vols ne cessaient de se déclarer toutes les deux ou trois minutes, dans les différents halls, ponctués par les voix d'opératrices. Partout des glaces, des vitres de séparation, du personnel en uniformes, des physionomies d'hommes et de femmes assis, d'enfants, près d'eux. Partout cette masse incompressible qu'il aurait voulu disperser à coups de poings, fouler du pied, pour se faire place. Finalement, il rejoignit Laura au rez-de-chaussée qui attendait quelque part, assise, les valises près d'elle.

-Je ne l'ai pas trouvé, dit-il. Disparu, comme par enchantement.

-Assieds-toi, laisse tomber. A quoi ça sert maintenant ?

Il parut l'écouter un instant, mais une autre idée le travaillait, une idée sans nom, une impression néfaste.

-Allons au restaurant, dit-il.

Il s'aperçut qu'il l'avait quittée en pensée, qu'il ne lui avait pas demandé son avis pour se renseigner sur son état d'esprit.

-Es-tu contente, demanda-t-il, enfin, de repartir ? Tu vas revoir ton pays, ta ville, ma fille ! Mais je te l'ai déjà dit, nous n'y resterons pas.

-Peut-être changerons-nous de secteur, pour la Gaspésie.

-Non ! Il y fait très froid, en hiver. Mais cela vaut le détour. Du côté de Chandler, sur le bord du golfe Saint-Laurent.

Il n'ajouta rien, la preuve qu'il acquiesçait secrètement d'autre chose, qu'il avait une arrière-pensée, en faisant évoluer son regard autour de lui, sans en donner l'apparence.

Plus de quatre heures d'attente, dans ce terminal d'aéroport immense. Ils étaient forcés d'attendre dans un lieu en quelque sorte, en dehors du monde. On quittait une ville, ceux qui la peuplaient, toujours en instance, sur le qui-vive, sans avoir rejoint encore sa destination. Le cadre de l'aéroport, par son climat et son ambiance, figure mythique émotionnelle traditionnelle par excellence, médiation entre deux points d'existence quelconques, pouvant servir aussi bien de lieu d'abandon, de rencontre, d'occasion de confidences, de meurtres, d'autres choses aussi...

Les minutes passaient dans un lieu et un temps immobile où les gens affluaient. Il eut soudain la sensation évanescente que c'était leur temps à eux, mais pas celui des autres. Un temps qui ne cessait d'avancer, certes. Le temps de Laura aussi, mais que lui n'y était pas, qu'il n'y arrivait pas à s'y inscrire, parce que tant de choses le préoccupaient, l'esprit ailleurs, tiraillé de soupçons, d'appréhensions, de tracas, de suggestions. Rien n'était vrai et tout pouvait l'être à la fois. En observant Laura, il s'efforça de lui sourire, de lui paraître agréable, en lui présentant le menu du jour, après avoir fait signe au garçon. Il songea au 36, quai des Orfèvres, où il n'était pas allé. Il abhorrait qu'on lui posa des questions, auxquelles il ne se sentait pas obligé de répondre. La police savait-elle ? Savait-elle qu'il avait tué les deux frères Lamberti, lors de son escapade à Marseille ? Pas difficile de faire le rapprochement. Quant pour le professeur Alain Lamberti, il avait fait appel et payé quelqu'un, un tueur professionnel, c'était sûr ! Laura ne pouvait pas y être impliquée ! La BRI, « brigade de recherche et d'intervention », la BRD, « brigade de répression du banditisme », n'allaient-elles pas débarquer ici, spécialement lui demander des comptes ? A lui, précisément, plutôt qu'à un autre, dans cette masse informe ? Obéirait-il à leurs ordres, ne tenterait-il pas de leur échapper ? Il avait son Beretta sur lui. Il avait l'intention de le jeter, en le plaçant dans un sac en papier, en se rendant aux toilettes, au dernier moment. Ni vu, ni connu. Mais il le gardait, pour l'instant, durant les quelques heures qui les séparaient du départ. S'il était obligé de tirer, de s'en servir, il ne pourrait plus prendre son vol. Laura partirait toute seule, sans lui. Il essayerait de fuir, en s'efforçant de s'ouvrir un passage, de passer entre les mailles de la nasse tendue. L'effet de surprise, pouvait agir pour, ou contre lui. En attendant, il ne se passait rien.

Il s'approcha de Laura, lui prit le poignet et lui baisa la main, avec tendresse.

-Laura, dit-il, je ne me suis pas trop occupé de toi, ces temps-ci. J'ai en quelque sorte, oublié mes promesses. Pardonne-moi. Mais nous vivrons, là-bas, si tu le veux. Tu comprends ? Mais pas toujours. Tu seras libre de rester. Si tu m'aimes assez, tu me suivras.

Il ne lâcha pas son poignet, à travers la table, lui mit la main sur son cœur :

-Ecoute, comme il bat encore. Lorsque je te vois, que je te regarde, il bat pour toi. Il continuera de battre encore et encore, et nous serons heureux là-bas, ailleurs, plus qu'ici ! Je hais mon pays.

110

Crois-moi, j'ai des raisons de le faire, parce que je le ressens ainsi. Mais je t'ai trouvée, toi ! Me tromperais-je ? Pas de plan sur la comète, chérie, c'est inutile. Mais il y a toi, et tu es la vie…

Il se tourna de côté, considéra la foule, avec mépris, et attention. De l'endroit où ils se trouvaient, légèrement surélevé, ils dominaient la situation. De même que les voitures de police étaient banalisées, il y avait aussi des flics sans uniforme. Il chassa cette idée de ses pensées. Une heure presque venait de s'écouler depuis leur entrée dans le hall d'embarquement du terminal 3, de l'aéroport. Ils étaient bien, là. Ils prolongèrent le repas par des tartes aux fraises, des yaourts, des fruits, des fromages. Ils avaient leurs valises près d'eux. Ils étaient deux complices involontaires. Laura ne lui avait jamais avoué encore qu'elle avait poignardé le professeur Lamberti. Seule Marina était au courant, mais elle était seule à l'autre bout du monde, en Australie. Elle ne pouvait pas la trahir. Il avait quasiment meurtri, défiguré pour un temps, à coups de poings, le type qui conduisait le 4X4, et qui aurait pu servir de témoin ou d'indicateur. Du bleuf ! Il se sentait capable de tenir tête à une organisation d'escrocs, comme aux investigations de la police. Marc Canta avait beau être un vieux limier, si on avait bien pu l'apercevoir à Marseille et effectuer des rapprochements, jusqu'à preuve du contraire, personne ne l'avait jamais pris en flagrant délit. Les morts ne peuvent plus parler. Il songea à la veuve Lamberti : toute sa famille mâle venait d'être exécutée. Qu'est-ce qu'il s'en moquait ! On vient sur terre, sans savoir pourquoi, et il n'y a quasiment jamais d'autre valeur urgente que d'assurer sa peau, que de lutter pour sa survie…

Le temps passa. Ils portèrent leurs valises à l'enregistrement des bagages. Plus d'une heure avant leur départ, il avait conscience encore que tout pouvait arriver.

« L'imprévisible est à la porte de chez soi, aimait-il à se dire. Cela a toujours existé, mais jamais autant qu'à notre époque, jamais je n'ai éprouvé autant cette urgence, cette nécessité consciente que notre vie ne tient qu'à un fil. Sans doute parce que j'ai vieilli, que je ne crois plus à l'existence aussi ». Il songea au commissaire Canta, à son épouse Judith, morte durant l'anesthésie… Ce n'était rien, ça n'avait pas de sens. On baignait dans un monde absurde. Il songea au temps où il vivait au Maroc, puis à Djerba, en Tunisie. Ce n'était rien, ça n'avait pas de sens. Il était seulement plus jeune, mais cela n'avait aucun sens. Il considéra la rumeur de voix et de pas de ceux qui parcouraient les halls de l'aéroport, le fait qu'ils se rendaient ailleurs. Idem ! Ces gens-là qui partaient pour des directions inconnues croyaient donner un sens à leur vie ! Il songea à son amour possible pour Laura. Là, oui, cela avait un sens, puisque cela se situait dans le futur, à supposer qu'elle éprouvât du sentiment pour lui. Cela aurait un sens pour combien de temps ? Celui du temps qui lui restait à vivre… Peut-être lui ferait-il un enfant ?

Il s'efforça de la regarder, de lui sourire.

-Qu'est-ce qu'il y a ? lui demanda-t-elle, gênée de la façon dont il l'observait avec son accent chantant, modulé sur un autre diapason, celui du Québec.

-Rien. Je te vois simplement, ce qui me rend heureux.

-Si tu es heureux, c'est que tu m'aimes.

-Toi aussi, si tu le veux.

Un quart d'heure avant le départ, il se rendit aux toilettes, jeta son revolver dans la cuvette des wc. Il tira la chasse d'eau, mais le sac en plastique dans lequel il l'avait placé, apparaissait toujours dans la cuvette. L'arme n'était pas aussi dissoluble que la merde. Il ne tendit pas la main pour l'en extraire et la poser ailleurs.

Il revint, retrouva Laura.

Au passage à l'épreuve de la douane, en posant ses clefs dans le panier qui roulait, il n'eut aucune appréhension à l'idée que son portable et le tableau dans la valise plate ne franchiraient pas le contrôle avec succès. Personne ne vint l'interpeler pour lui demander de le suivre, entouré d'autres inspecteurs. Ils prirent place dans la navette, puis marchèrent sur le tarmac, en direction du Boeing. Il n'était pas seul. Il remit son sac en bandoulière satisfait que l'ordinateur portable, le tableau de Van Dongen, « Anita ou la gitane apprivoisée », ne l'avaient pas quittés.

Durant les huit heures de vol, il lui arriva de fermer les yeux, de faire un mauvais rêve.

C'était juste au passage de la douane, après avoir montré son passeport, que l'affaire se corsait. Trois inspecteurs s'étaient approchés de lui et lui demandaient de les suivre. Il s'était exécuté, laissant Laura sur place. Il n'en croyait pas sa vision.

-Hein, quoi ! lança-t-il, en sursautant, quand il sortit du rêve.

-Qu'est-ce qui t'arrive ? lui demanda Laura.

Pour se faire pardonner cette question oiseuse, elle approcha sa joue de la sienne, bougea son visage vers le sien, pencha légèrement le buste de biais en se rapprochant de lui, malgré la ceinture de sécurité. Puis du bout des lèvres, elle posa un baiser sur les siennes. L'avion avait quitté la mer depuis des heures, survolait déjà la terre du Québec. Ce n'était qu'un passage, une instance, un moyen d'expurger, là-bas. Mais peut-être aussi se trompait-il ? Il considéra Laura qui dormait, les yeux clos, s'en tint là, pour l'instant. Le Boeing amorça dans son vol une masse nuageuse. Pendant quelques temps, il évolua à peine au-dessus d'une mer ou d'un océan de nuages.